ユーモアサスペンス

花嫁ケ丘の決闘

赤川次郎

JOY NOVELS

実業之日本社

カバーイラスト／いわがみ綾子
カバーデザイン／高柳雅人

目次

初出「Ｗｅｂジェイ・ノベル」配信
花嫁ヶ丘の決闘　'23年6月～11月
逢うときはいつも花嫁　'23年12月～'24年7月

花嫁ヶ丘の決闘

プロローグ

こんなこと……。

こんなことが本当に起るなんて。

塚川《つかがわ》亜由美《あゆみ》は、今日の前の光景が、どうしても信じられなかった。

その二人は、背中をくっつけて立ち、それぞれ手には一発だけ弾丸をこめた拳銃を握りしめていた。

鐘の音が響いて来た。――二人は大きく息を吸い込むと、

「一」

という声と共に互いに反対方向へ一歩を踏み出したのである。

「だめ……」

と、亜由美は呟《つぶや》くように言った。

「二、三、四……」

二人はしっかりした足取りで進んで行く。

「こんなこと……。やめて！」

と、亜由美は声を上げたが、二人の足は止らなかった。

「七、八……」

「誰か止めて！」

と、亜由美は叫ぶように言った。

「九、十」

十歩ずつ進んで足を止めた二人は、クルリと振り向いて向き合った。

そして拳銃を持った手を一杯に伸して、構える。

「三つ数えたら同時に発砲すること」

と、無表情な声が告げる。「一、二──」
三、の声と共に二発の銃声が丘に轟《とどろ》いた。
亜由美は思わず目をつぶっていた。

大丈夫。──きっと、きっと弾丸はそれただろう。

そう簡単に当るもんじゃないのだ。きっとどっちの撃った弾丸も、とんでもない方へ飛んで行っただろう。

しかしそのとき、何かが地面にドサッと倒れる音がした。

まさか。──まさか。

亜由美は怖くて目が開けられなかった。

「──亜由美」

「亜由美先生」

「ワン」

え？　──どうしたの？

「亜由美、もう終ったよ、お芝居」

と言ったのは神田聡子《かんださとこ》だった。

劇場を大きな拍手が充たす。

「ああ……。疲れた」

と、亜由美が息を吐いて、「こんなお芝居見たくない！」

「入り込み過ぎだよ」

と、聡子が笑った。

「だって……どっちも死んでほしくないんだもの」

「先生は子供のように純真な心をお持ちなんですね」

と言ったのは、〈塚川亜由美探偵事務所〉を勝手に立ち上げ、亜由美の「助手」を名のっている。加東《かとう》なつきだった。

とんでもなく金持で、実のところ、今日の芝居をボックス席で見られたのも、なつきのおかげ。

舞台ではすでに緞帳《どんちょう》が下り、役者たちがその前に出て来て拍手を受けている。

「ワン」

一緒に舞台を鑑賞（？）していたダックスフントのドン・ファンも「ブラボー！」のつもりか、ひと声吠《ほ》えていた……。

ちなみに、亜由美の「叫び」はすべて心の中の声であった。むろん。

——拍手も静かになり、亜由美たちはボックス席から通路に出て行った。

すると——。

「加東様」

と、なつきへ声をかけて来た若い女性がいる。

「ああ、佐知子《さちこ》さん。今日はありがとう」

と、なつきは言った。「先生。こちら、劇団のマネージャーの村上《むらかみ》佐知子さんです」

「〈劇団R〉の村上です」

三十代らしいが、ジャンバーにジーンズという服装なので若く見える。

「お噂《うわさ》はかねがね」

と、村上佐知子は言った。「女子大生で名探偵でもいらっしゃるという塚川亜由美様の評判は……」

「それって、なつきが言っただけでしょ」

と、亜由美は苦笑した。

「実はご相談したいことが。——舞台の方へおいで願えないでしょうか」

真剣な表情である。——ちょっといやな予感がして、亜由美は聡子を見た。

しかし、「お断りします」とも言えない。

一行は、村上佐知子の案内で、〈関係者以外立入禁止〉というドアから、階段を下りて行った。

そして——気が付くと、亜由美たちは舞台の袖に立っていたのである。

まだ舞台は明るく、さっき客席から見ていた林のセットが目に入る。

「ちょっとお待ちを」

と言って、佐知子は舞台の中央に立っている大柄な男性へと小走りに。「〈大将〉。加東さんたちが」

「ああ、そうか」

髪はほぼ真白だが、がっしりした体つきのその男は、亜由美たちの方へ大股にやって来ると、

「〈劇団R〉主宰の三好克之《みよしかつゆき》です」

と言った。「加東さん、お父様には、わが劇団も大変お世話になっております」

「どうも。――〈大将〉って呼ばれてるんですか?」

と、なつきが言った。

「普通なら、演出家は〈先生〉でしょうが、うちの連中はどういうわけか、私を大将と呼んでます」

大柄で、立派な体つきなので、〈大将〉と呼ぶのもおかしくはない。

なつきは、亜由美たちを紹介して、

「私たちに何かご用が?」

と訊《き》いた。

「こちらへ」

と、三好は舞台へ出て行った。

亜由美たちもついて行ったが……。意外に舞台は狭い感じだった。

「ラストで、二人の決闘がありました」

と、三好は言った。「一人が倒れる。――そこで幕になったのですが……」

三好は、今亜由美たちがいた方を振り返ると、

「見て下さい」

と、手を伸して、「見えるでしょう、セットの木の枝が」

「ええ」

と、亜由美が肯《うなず》く。「あの枝が何か――」

「枝が一つ、折れているでしょう」

「そうですね。わざとそう作ったのでは?」

「そうではないんです」

佐知子が床に落ちていた、折れた枝先を持って来た。

「これです」

亜由美はそれを見て、

「これは……弾丸が当って折れたように見えますが」

「その通りです。弾丸はその向うの壁に」

と、三好は言った。「つまり、芝居用の拳銃だったのに、一方だけは実弾が出てしまったのです」

「本物の拳銃だったってことですか」

「そうなんです」

と、佐知子は肯いて、「どうしてそんな手違いが……」

「ただの手違いじゃない」

と、三好が言った。「本物の銃など、ここにあるはずがない」

「それじゃ」

と、なつきが言った。「下手をしたら、弾丸が役者さんに当っていたかもしれないと?」

「狙いが悪くて幸いでしたがね」

と、三好は首を振って、「しかし、この件で、警察の手を借りるとなると、公演が中止になるかもしれない。劇団としては、それはどうしても避けたいのです」

「それで、ぜひ亜由美先生に」

と、佐知子が言った。

「ぜひよろしく」

頭を下げられて、亜由美は焦った。

しかし、状況から言って、三好たちの頼みを聞かざるを得ないと分っていた……。

1　ライバル

舞台に笑い声が響いた。

さっき決闘した二人が、私服に着替えてやって来たのである。

「劇中では敵同士ですが」

と、三好が言った。「実生活では仲がいいんですよ」

「大将、何かあったの?」

年長の方の女性が言った。――亜由美も知っている。

この〈劇団R〉の、言わば看板女優として活躍して来た、古山《ふるやま》たか子《こ》だ。

もう四十代後半にはなっているはずだが、さすが女優で、若い！　二十代の役が無理なくこなせるだろう。

華やかである。

そして、もう一人――決闘の相手は石森則子《いしもりのりこ》。

今、実際に二十八歳なので、さすがに古山たか子より長身で、スタイルはいい。

そして、見たところの華やかさは、お互い決してひけを取らない。

「どなたですか?」

と、石森則子は言ってからドン・ファンに気付き、「まあ、可愛《かわい》い！」

と、身をかがめてドン・ファンを抱え上げた。

ドン・ファンも石森則子が気に入ったのか、おとなしく抱かれている。

「調子のいい奴《やつ》」

と、亜由美は思った。

「――実は、とんでもないことが分った」

と、三好が言った。「決闘で、危うく本当に死ぬところだった」

事情を聞いて、

「何よ！　私の方が撃たれてたかもしれないってわけね？」

と言ったのは、若い石森則子だった。

「まあ、めったに弾丸なんて当るもんじゃないさ」

と、三好は呑気《のんき》にしているが、

「まぐれ当りってこともあるじゃないですか！」

と、則子は顔をしかめて、「分った。たか子さんが、若手の私に役を取られるのを恐れて、事故に見せかけて、私を亡き者にしようと……」

「ばれたか！　しかし、私が本気で則子ちゃんを殺そうと思ったら、弾丸を外したりしないわ」

二人して、芝居がかったやり取りでふざけ合っている。

「――ともかく待って下さい」

と、亜由美は言った。「三好さんは、警察に邪魔されたくないとのことで、その気持は分りますけど、やはりこれは警察に届けなければ」

三好が何か言いかけるのを、亜由美は止めて、

「ご心配なく。私、殿永《とのなが》部長刑事さんっていう方と、とても親密にしています。あの人に事情を説明すれば、きっと分ってくれます」

「そういうことなら、お任せしよう」

と、三好が言った。「ともかく我々としては一公演たりとも中止にしたくない」

「その拳銃を渡して下さい。出所がどこか、何かに使われた凶器かといったことも調べてもらった方が」

亜由美はそう言ってから、「弾丸も必要ですね。向うの壁に埋っているのでしょう。それを掘り出してもらえますか」

「私、やります！」

と、佐知子がすぐにドライバーを手に戻って来た。かなり高い位置なので、脚立を持って来ると、上って壁を削った。

「おい」

と、三好が気が気でない様子で、「後で劇場から文句を言われるぞ。目立たないようにやれ」

「大丈夫です。取れました」

と、佐知子は得意げに言って、「穴は後で粘土ででも埋めときます」

三好は笑って、

「頼りになるマネージャーだよ、全く」

と言った……。

「お芝居を見ても、亜由美さんの場合はそれだけで終らないんですね」

と、殿永部長刑事が言うと、亜由美はちょっとにらんで、

「面白がらないで下さい」

と言った。

「別に面白がっているわけでは——」

「いえ、明らかに面白がってます」

「そりゃ面白いんだから仕方ないわよ」

と言ったのは、居間へコーヒーを運んで来た、亜由美の母、清美《きよみ》である。

「これはどうも。お構いなく」

「いえ、めったに手に入らないクッキーがありますの。殿永さんがみえたら出そうと思って」

「お母さん、私には出さないの?」

「あんたに出しても、味の違いが分らないでしょ」

「失礼な! 娘をもっと評価してよ」

「ワン」

ドン・ファンが、「そんなつまらないことでケンカするな」とでも言っているように鳴いた。

「ドン・ファン、あんたにも一つあげるわね」

清美はドン・ファンの方を評価しているらしい……。

「——で、例の拳銃ですが」

と、殿永はクッキーを一つつまんでから言った。「特に何かの犯罪に使われた形跡はありません」

「じゃ、どこからあの劇団に……」

「誰かが買ったんでしょう。今、この小型の銃

は一番多く出回っているんです。ちょっと裏手の盛り場とか、ドラッグを扱っている連中の中に、拳銃も売ってるのがいます」

「じゃ、分らないわね」

「指紋は、たぶん役者さんのものでしょう。一応調べた方がいいと思いますが」

「これって——殺人未遂なんでしょうか?」

「微妙なところですね」

と、殿永は首をかしげて、「実際、もしかしたら弾丸が当っていたかもしれないわけですからね」

「もう一方のモデルガンの方も、結構本物とよく似ていて、重いんです。どっちをどっちが使うか、前もって分ってたのかどうか……」

「意図的なものでしょう。やはり本当の殺人が起る前に何とかしなければ」

「でも——事件が起きてからでないと、刑事さんはどうしようもない……」

「そう皮肉らないで下さい」

と、殿永は苦笑して、「その分、亜由美さんが活躍して下さっていることは、よく承知しています」

「それも無給でね」

と、亜由美は追い討ちをかけた……。

すでに照明の消えた公園をぶらついて来た男女は、噴水の止った、ただの池の前で足を止めると、ごく自然なタイミングで向き合い、唇を重ねた。

そのまま、どちらも腕を相手に回し、固く抱き合ったが、その先はどうすることもなく、

「もう行って」

と、女が言った。

「うん……」

男の方は未練がましく、「もう少し歩いてから――」

「きりがないわよ。そこを出た所の方がタクシー、拾えるでしょ」

「いや、僕は――」

「タクシー代よ。足りるでしょ」

「そんなこと……。やめてくれよ」

と言いながら、男は金を受け取っている。

「またね。――今度は公演が終っても、すぐ地方があるから」

「忙しいんだね。羨しいようだよ、僕から見ると」

「役者なんて、どれも同じようなものよ」

と、女は言った。「奥さんの仕事は?」

「スナックだけじゃ食べていけないから、何か探すと言ってるけど……」

「奥さんだって役者じゃないの。でも、今はオーディション受ける暇もないわね」

「僕がもっと稼がないと」

「無理をしないで。――私が少しは力になるわ」

「しかし……」

「次の演目で、かなり若手の人が必要なの。う

まくいけば……」

「君にそう甘えるわけにいかないよ」

「いいじゃないの。お互いさまよ。いずれ、あなたが売れっ子になって、私は失業ってこともあるかもしれない」

二人はちょっと笑ったが、どこか弱々しく、空《むな》しい笑いだった。

「それじゃ」

「うん、またね」

公園を小走りに出て行く男に手を振っていた石森則子は、男がタクシー代を手にしながら、地下鉄の駅へと下りて行くのを見ていた。

あれでも何日分かの食費になるのだろう。

石森則子は振り返って、

「ご苦労さま」

と、声をかけた。「物好きね」

暗がりから、ゆっくり歩いて来たのは、やせた老人で、

「あいつはもう三十過ぎてるだろ」

と言うと、「遊び相手には、ちょっとくたびれてないか?」

「放っといて」

と、則子はそっぽを向いた。

「いや、君の付合う相手に、いちいち口を出すつもりはないがね」

と言ったのは、折田《おりた》務《つとむ》。

今、七十歳を越したところで、〈劇団R〉の一番年長の役者である。

「心配なんだよ」

と、折田は言った。「こじれると、とんでもないことが起りかねない。男と女の間は、誰にも分らないからね」

「あの人は大丈夫よ」

「いっそ二十歳ぐらいの若手なら、振られてもすぐ忘れる。しかし、あれぐらいの年齢になると、執着心が出てくるからね」

「用心してるわ」

と、則子は言った。

則子と折田は公園を出て、ぶらぶら歩きながら、

「私のお守《も》りも大変でしょ」

「大将の命令だ。いやとは言えないさ」

「信用ないんだな、私」

「そうじゃない。大事な客を呼べるスターだから、劇団としては気をつかってるんだよ」

と、折田は言って、クシャミをした。

「冷えるでしょ？　神経痛に応えない？」

「舞台役者が、これぐらいのことで……。ハクション！」

則子は笑って、

「どう？　その辺でラーメンでも食べない？」

「いいね。実は腹ペコなんだ」

折田は〈劇団R〉の立ち上げのときからの団員である。六十五歳の三好より五つ年上ということで、大切にはされている。

しかし——肝心の演技が今ひとつ。どんな役

も器用にこなして来たが、舞台に出ていても目立たない。

出演していた芝居を見た知人から、

「次の舞台じゃ、きっと出番があるよ」

出演していたことを忘れられてしまう。

折田には、大将、こと三好も、あまりうるさくダメ出しをしない。折田にとって、それはありがたいようでもあるが、安心できないことだ。

三好が若手に汗びっしょりになるまで、くり返しダメ出しをするのを眺めていて、正直折田は落ち込む。

もっと厳しく叩《たた》き込んでくれ！　——三好に、そう頼んでいたが、怒鳴り声は飛んで来ない。

それは要するに、折田の役者としての値打ちはゼロに近いということなのだ。

「——あの銃の件にはゾッとしたよ」

ラーメンを食べながら言った。

「その後、警察からは？」

と、則子が言った。

「特に何も」

と、折田は言った。「どうして、あんなミスが……」

「ミスかしら？」

「だって、もし本当に命を狙うのなら、あんな方法は——」

「信じてるわ、この七十歳のボディガードをね」

と言って、則子は笑った。

2　拳銃

アパートの階段をそっと上って行くと、舟木《ふなき》公一《こういち》は〈202〉の玄関の鍵を開けた。

ドアを開けて、明りが点《つ》いているのに戸惑った。玄関に赤い靴が脱いであるが、片方は横になったままだ。

舟木は靴をちゃんと直すと、

「あかり。――帰ってるのか」

と、上り込んで、小さな六畳間を覗《のぞ》いた。

古びたソファに、妻のあかりが横になっている。

「どうした」

と、コートを脱いで、「具合でも悪いのか」

「――お帰りなさい」

と、あかりは寝たままで言った。

「疲れてるのか。――そうだよな」

舟木は台所に行って、ポットのお湯の目盛を見た。三分の一ぐらいまで減っている。あかりは、そういうことに神経質で、いつもポットは一杯に入っているのだが。

「――どこか痛むのか」

と、ソファのそばへ行って、「医者に診てもらえよ」

「いいわよ。どこか悪くたって、どうせ治療するお金もないし」

「おい……。病気の女房を放っとくような不人情な亭主だと思ってるのか?」

と、少し大げさに言うと、あかりはゆっくりと夫の方へ顔を向けて、

「スナック、クビになったのよ」

と言った。

「そうか」

「もう若くないって言われて、ちょっとショックだった。三十で『若くない』って? ひどいと思わない?」

「気にするなよ。夜の仕事は体にきつい。辞められて良かったじゃないか」

「呑気ね! 明日からどうして食べて行くの?」

「それより……夜、何か食べたのか?」

「面倒で。――冷蔵庫にも何もないでしょ」

「コンビニが開いてる。弁当を買って来ようか」

「お金は?」

「うん。タクシー代を使わなかったから……」

「気前がいいのね、人気スターは」

と、あかりはちょっと唇を歪《ゆが》めて笑うと、

「じゃ、あなたも食べたら」

「ああ、何か買って来るよ」

舟木はサンダルを突っかけて、アパートを出た。

すぐそばのコンビニは、夜十二時まで開いている。入ってみると、

「いらっしゃいませ」

思いがけず、レジに立っていたのは、二十歳そこそこの女の子だった。夜遅くは、防犯上のこともあって、女の子一人で店をみることはめったにない。

「どうも……」

舟木は、意味もなくその女の子に声をかけてから、弁当の棚を眺めた。――あまり残っていなかったが、それでも二つ選んで、レジへ持って行く。

「この時間なので一割引です」

と、その女の子は言った。「温めますか?」

「ああ……。じゃ、頼むよ」

「かしこまりました」

弁当を一つずつ電子レンジに入れて加熱する。

その間に支払いをすませた。

「いつもこの時間?」

と、舟木は訊いた。

「いいえ、本当は夕方なんですけど、急病の男の人の代りで」

「そうか」

「心細くて。早く十二時にならないかな」

と、壁の時計に目をやる女の子は、三十一歳の舟木をドキッとさせた。

電子レンジがチーンと音をたてる。

「――じゃ、二つ」

と、ビニールの手さげ袋に入れて、舟木に渡す。

「ありがとう」

「お客さん、『ありがとう』って、私が言うんですよ」

「なるほど」

と、舟木は笑って、「早く十二時になるといいね」

「ええ。まさかピストル持った強盗なんか来ないと思いますけど」

「そうだね」

と、舟木が言ったとき――入口の扉が開いて、拳銃を手に、マスクをした男が入って来たのである。

え？　――舟木もレジの女の子も、幻でも見たかのように呆然《ぼうぜん》としていた。

「おい！　金を出せ！」

何だか古ぼけたジャンパーを着た男は、甲高い声で言った。

「あの……」

「金だ！　こいつはオモチャじゃないぞ！　撃たれたいのか！」

「いいえ」

「じゃ、金を出せ！」

「はい。ちょっと待って下さい」

これって現実か？　舟木は半信半疑だったが……。

女の子がレジの現金をカウンターに出した。

「これだけしか……。今のお客さん、ほとんどカードとかで……」

「これしかないのか？　ともかくもらってく」

当人もかなりビクついている。舟木はふと思い付いて、

「お弁当は?」

と言った。

「何だ?」

「いえ、もし良かったら、と思って。このお弁当も」

男は面食らった様子だったが、

「うん。それじゃ——もらってく」

「どうぞ」

舟木はビニール袋を男の拳銃を持った右手に当てた。電子レンジで温めたばかりの弁当はかなり熱い。

「熱い!」

男が手を引っ込めると、拳銃が床に落ちてしまった。すると、レジの女の子がカウンター越しに身をのり出して、

「ヤッ!」

と、ひと声、拳を固めて男の顔を殴りつけたのである。

男がよろけて、床に尻もちをついた。女の子は素早くカウンターから出て来ると、男の股間をけとばした。

男が「ウッ!」と呻《うめ》いて悶絶《もんぜつ》した。

舟木は唖然《あぜん》として、

「君……」

「私、ボクササイズやってるの」

と、女の子は息をついて、「一一〇番しよう

っと」

「まあ、そんなことが?」

話を聞いて、あかりは目を丸くした。「遅いから、どうしたのかと思ったわ」

「さ、お弁当だ。——別のを温めてもらったんだよ」

「お茶をいれるわ」

あかりも大分元気そうになっていた。

——一応コンビニ強盗である。

パトカーが来て、マスクの男を連行して行った。男は二十四、五だろう。ろくに食べていなかったらしく、警官に、

「弁当食べてからでもいいですか?」

と訊いていた。

「何だと?」

警官が呆《あき》れていると、あのレジの女の子が、

「期限切れのやつがあるわ」

と言って、棚から弁当を一つ持って来ると、

「いいですよね、お弁当一つ食べる間くらい待ってもらっても」

と言ったのである。

「ありがとう!」

と、散々やっつけられた男は感激して呟いていた。

女の子は、ちゃんと電子レンジで弁当を温め、お茶の缶を一つ持って来て、

「これは私からのサービス」

と、男の前に置いた。

男は弁当を開けて、せかせかと、

「あちち……」

と、目を丸くしながらも、アッという間に平らげて、お茶を一気に飲んで空にすると、

「――ごちそうさま」

と、女の子へ言った。

「どういたしまして。もうこんなことしないでね。出て来たら、またここに来て。私、いるかどうか分らないけど」

「うん……。もう二度とこんなこと、しないよ」

男は素直に連行されて行った。

「君、名前は何ていうの?」

と、舟木はレジの女の子に訊いた。「僕は舟木公一。売れない役者だ」

「へえ! 役者さん? やっぱり垢抜《あかぬ》けてるわね!」

「そうでもないけど……」

「私、〈千《せん》〉一文字。〈千直子《なおこ》〉。何だか偉そうでしょ」

と笑う。

その笑顔は本当にチャーミングだった。

「君、役者やる気ないのか?」

と、舟木が訊くと、千直子は大きな声で笑って、

「頭悪くて、セリフなんてとても無理」

「いや、そんなことはないと思うよ」

と、舟木は言った。「何より、君の個性がすばらしい！　君はきっと舞台に出たら光るよ」

舟木は、正直なところ、もちろん千直子に役者の素質を見てもいたが、この夜の出来事で、惚《ほ》れてしまったのだ。

「――どうかしたの？」

と、弁当を食べながら、あかりが言った。

「え？　いや、何でもない」

自分でも気付かない内に、ぼんやりしていたのだ。ちょっと言い訳がましく、

「強盗にあうなんて、めったにないことだから、ちょっとショックでね」

「本当ね。けがしなくて良かったわ」

と、あかりは言った。「ピストルは本物だったの？」

舟木は面食らって、

「何だって？」

「オモチャでも持ってたのかな、と思って。本物だったら怖いわね」

「そうだな……」

あの犯人が取り落とした拳銃は、もちろん警官が持って行っただろう。はっきり見ていたわけではないが。

「そういえば、あの〈劇団R〉で、舞台の決闘場面に使った拳銃が一つ本物だったって。大騒ぎだったらしいよ」

「へえ！　〈劇団R〉って、石森則子さんのいる……」

「うん。彼女から聞いたんだけど、実弾が入ってたそうだ。もちろん当らなかったんだがね」

「良かったわね！　まさか妬まれてのことじゃないわよね」

「わざと彼女を狙った？　まさか！」

――舟木は、妻のあかりが石森則子と夫の仲を知っていることも承知している。

しかし、則子はあくまで舟木を「遊び相手」としか思っていない。あかりもそれを分っているので、あえて責めたりしない。

則子のおかげで、舟木が舞台の仕事を手に入れることもあるのだ。

しかし――もちろん、あかりの心の中ではそう割り切れないものを抱えているだろうと分っていた。

そうだ。――いつか俺にもツキが回って来る。きっと来る……。

舟木は弁当を食べてしまうと、

「明日、〈劇団R〉の三好さんに会いに行ってくるよ」

と言った。

「三好さん？　会って下さるの？」

あかりも、小さな劇団に所属していたことがあるが、今はフリーだ。オーディションを受ける余裕もない。

「会うぐらい大丈夫さ」

と、舟木は言った。「知らない仲じゃなし。次の公演も近いらしいからな。――お茶をもう一杯くれるか」

「大変だったわ、今日は……」

帰り道、夜中になって、千直子はさすがに欠伸《あくび》を連発していた。

「まさかね……」

拳銃を持った強盗がやって来るなんて、誰が思うだろう。

でも、日ごろの成果を見せて、強盗をやっつけることができて、直子は喜んでいた。なかなか「実地」で技を活《い》かす機会なんか、あるものじゃない。

冷たい風が吹いて来て、直子は首をすぼめた。——一人暮しのアパートは、この雑木林の向うにある。

およそ寂しくて不便な所だが、その分、家賃は安くてすむ。

直子は、ふと足を止めた。そして、道の前後へ目をやる。

人も車も、やって来る気配はない。

直子はバッグを開けると、中を探って、レジカウンターを拭くための古いタオルにくるんだ物を取り出した。そして、中の物を取り出すと……。

「へえ、やっぱり本物は重いのね」

手にした黒光りする拳銃をまじまじと眺めた。

「——弾丸、出るのかしら」

林へ向けて引金を引いたが、引金が動かない。

どうやら安全装置がかかっているらしい。

「これ？　――こうかな？」

小さなレバーを動かすと、カチッと音がする。

そして、つい引金を引いたらしい。

凄《すご》い銃声と火が噴き出して、足下の土が弾《はじ》けた。ホッと息をついて、

「ああ、びっくりした！」

今度はしっかりと構えて、近くの木に狙いを定めて引金を引く。強い反動が来たが、木の幹がえぐれて白い木肌が覗く。

「凄い！　迫力だ！」

――それはあの強盗が持っていた拳銃である。

もちろん、警察は床に落ちていた拳銃を持って行った。それは、「いざってときのために」直子が持って来ていたモデルガンだった。

直子は警官が来る前に、床に落ちていた本物とすり替えていたのだ。

もちろん、こんな物、持ってたら危いし、見付かったら大変だ。

でも、あのとき、強盗の持っていたオートマチックの拳銃が、自分のモデルガンとそっくりなことに気付くと、とっさにすり替えてしまった。

なぜ？　――よく分らないが、ともかく面白そうだったから、としか言えない。

これをどこかで使おうなどとは考えてもいない。ただ、持ってみたいという好奇心からだった。

「しまっとこう」

安全装置を戻してから、もう一度タオルにくるんで、銃身の熱さを感じながら、バッグにしまう。

「どこかに隠しとかなきゃ」

直子は夜道を歩きながら、「――そうね。もし痴漢が現われたら、一発で仕止めてやる!」

この夜、幸い誰も直子を襲おうとはしなかった……。

3　代役

「他にご注文はございませんか」

と、ウエイトレスが食事の皿を下げながら訊いた。

「ないわよ」

と、古山たか子が面倒くさそうに答える。

「何かデザートなどいかがでしょう?」

と、ウエイトレスが続けると、古山たか子は、

「いらないって言ってるでしょう!」

と、ヒステリックな声を上げる。

「失礼しました」

ウエイトレスが盆を手に引込もうとしたとき、他のテーブルのそばを通りかかった。そのテーブルから、もともとバランスの悪かったティーポットが、客の足でテーブルが揺れたせいで、落下した。

ウエイトレスの目の前でティーポットが割れて、破片が彼女のふくらはぎに刺さった。

ウエイトレスは危うく盆を取り落としそうになったが、何とか耐えた。

袖で見ていた三好が、

「幕を下ろせ! 早く!」

と指示した。

幕が下りると、ウエイトレス役の女優は床に

膝をついて、盆の上の食器が床に落ちた。

「大丈夫か！」

三好が駆けつける。

「すみません！　音が――」

「音ぐらいどうってことはない。血が出てる。おい！　病院へ連れて行け！」

「大丈夫です、大将。大した傷じゃ……」

と、明石良子《あかしりょうこ》は言った。

まだ新人で、このウエイトレス役は、彼女についた二つめの役だった。

「いや、小さな傷でも馬鹿にすると危い。おい、良子を誰かおぶって行ってやれ」

と、三好は若い男の団員へ言った。

「可哀《かわい》そうに」

と、古山たか子がやって来て、「でも、あの子の出番は前半だけだから」

「ああ。何かと起るのが舞台ってやつだ」

と、三好は言った。「おい、割れたポット、片付けろよ。よく拭いて。足を滑らしたりしないようにな」

――舞台の袖に立っていたのは、石森則子だった。そこへ、

「何かあったんですか？」

と、亜由美が声をかけて来た。

「ああ。見に来てくれたの？」

「何か音がしたから」

「大丈夫。普通の事故よ」

と、則子が言った。

亜由美は、足から血を流している、ウエイトレスの格好の女の子が、若い男性に背負われて行くのを見て、

「ちょっとけがしたぐらいじゃ、『普通の事故』なんですね」

と言った。

「ええ、もちろん。主役のたか子さんか私が倒れでもしたら、大きな事故だけどね。でも、休演はしない」

亜由美も、三好の「上演への情熱」はよく分っていた。

「やあ、探偵さんか」

三好が袖へ戻って来る。「その後は誰も殺されてないよ」

いやに上機嫌なのは、やはり公演の最中だからだろうか。

「大将、ウエイトレスの役、明日からどうするんですか？」

と、則子が訊いた。

「代りを見付けるよ。もちろん団員の中にいればいいが……。ちょうどいい年齢で空いてる子がいない」

と、三好が言った。

「確かにね。若い子はみんな役がついてるわね」

「探偵さんは出演する気はないかね？」

と、三好に訊かれて、亜由美は面食らったが、

「残念ですが、大学が忙しくて」

と、まともに答えた。

「則子、後半のことで、ちょっと手を入れたいところがある」

「ええ？　今ごろですか？」

文句を言いつつ、則子は三好について袖から楽屋へと向ったが――。

「あら、あなた……」

則子は足を止めた。

「あ、そうだったな」

三好は、舟木を見て、「待ってると言われてた。すまん、忘れてた」

「いえ、いいんです」

舟木はそう言って、「終るまでここで待っています」

「そうか？　じゃ、終演後に聞くよ」

「はい、よろしく」

則子は、ちょっと舟木のことを気にして見ていたが、三好の後を、あわててついて行った。

しかし、三好の話はすぐに終り、則子は舞台袖に戻って行った。三好は、

「君、舟木君だっけな」

と、声をかけて、「二、三分なら話を聞くよ」

「ありがとうございます」

と、舟木は言った。「今、誰かけがを――」

「うん、ウエイトレス役でね。どこかで見付けて来ないと」

「実は、あの役にぴったりの子がいるんですけど」

と、舟木は言った。「会ってみてもらえませ

んか」

「どこか他の劇団の子か?」

「いえ、全くの素人です。でも、面白いと思って」

舟木は、ピストル強盗を彼女がやっつけ、しかも連行される前に弁当を温めて食べさせてやったことを話した。

「後半が始まりますが」

と、スタッフが三好の所へやって来た。

「適当に始めろ。たか子の合図でいい」

と、三好は言っておいて、「それは面白い話だな」

「ええ。あの子、ウエイトレス役にぴったりだと思うんです」

三好は肯いて、

「そのコンビニを覗いてみよう。その子がいる時間は?」

と訊いた。

「調べてメールを入れます」

「マネージャーの佐知子へな。知ってるだろ?」

「もちろんです」

後半の幕が上った。三好は行きかけて、舟木の方を振り向き、

「君、変ってるな」

と言った。「自分を売り込みに来たんじゃないのか」

「もちろん、その気持はあります。でも、僕のやれる役があるかどうか……」

「舟木君。君は確か則子の……」

「ええ……。ときどき会って、彼女のストレス解消の役に立っています」

「しかし、偉いね。特別知り合いでもない素人の子をわざわざここへ」

「あの子、きっと目立つと思うんです」

と、舟木は熱心に言った。

「じゃ、今夜にでも見に行こう」

と、三好は言った。

舟木という男が、三好と別れても嬉《うれ》しそうなので、眺めていた亜由美は、

「強盗を撃退したんですか？　凄いですね」

と話しかけた。「拳銃は本物だったんですか？」


「さあね。僕は怖くて手を触れなかったけど、彼女は平然として拾い上げてた。——あの子はきっとスターになる。そうなれば僕も……」

欲のない人だ、と亜由美は思った。もう三十代だろう。

いや、もちろん役者はどんな大根でも、その中に強烈な欲望を秘めているものだ。

素人をわざわざ舞台に送り出す。

——どういう男なんだろう？

「舟木さん」

と、亜由美は言った。「私もその素人さんを見に行ってもいいでしょうか」

「だめよ！」

そのコンビニの中から、大きな声が飛んで来

た。「ちゃんと見てたんだからね、棚に戻しなさい」

言われているのは、高校生の男の子二人。レジの女の子——千直子より体は大きいし、ふてくされているばかりだったが——。

「今、棚に戻せば黙っていてあげる。でも、文句があるなら警察へ通報するしかない。いい？今、百円のものを万引したら、次は五百円、その次は三千円、五千円になるの。それはもう立派な泥棒よ。——そうなったらもう止められなくなる。今、道を踏み間違えるかどうかの別れ道よ。さあ、どうするの？　よく考えなさい」

その光景を店の表から見ていたのは、亜由美たちの一行だった。〈劇団R〉の大将、三好と、ベテランの古山たか子。

そして、ここへ亜由美たちを案内して来た、舟木公一だった。

高校生たちは、若い直子の言うことなので、無視しようとしたが、直子は、

「私、人の顔は憶《おぼ》えてる方なの。あんたたちの顔も忘れないわよ。そしたら、このコンビニで買物し辛《づら》くなるでしょ。それでもいいの？」

高校生の男の子たちはムッとして、直子をにらんでいたが、あまりに堂々とした直子の態度に、気味が悪くなったようで、

「分ったよ」

と、品物を棚に戻すと、「行こうぜ。——変な奴だ」

と、ブツブツ言いつつ店を出て行った。

三好がちょっと笑って、

「いや、これはなかなか大したもんだ」

と言うと、店へ入って行った。

「いらっしゃいませ」

と、直子は言って、舟木に気付き、「あら、未来のスターさん。大勢でお買物?」

「そうね。話をする前に、ちゃんと買物をしないと失礼だわ」

と、古山たか子が言った。

各自、店内用のカゴを取って、お菓子や缶ビールなどを買った……。

「——そんなの、無理ですよ!」

と、話を聞いて、直子は冗談かという様子で笑ったが、

「ウエイトレスの役だ。今と大して変らないだろ?」

と、三好も無茶を言っている。

「バイト代、出るんですか?」

と、直子は訊いた……。

「——何かデザートなどいかがでしょう」

と、ウエイトレスが訊くと、古山たか子が、

「いらないって言ってるでしょう!」

と、声を上げる。

すると、ウエイトレスの直子は、プイと行ってしまうのでなく、馬鹿ていねいに、

「失礼いたしました」

と、腰までかがめて頭を下げると、タッタッと退《さ》がろうとして——一瞬たか子の方を振り返って、大股に袖に入った。

そのタイミングが妙におかしく、客席が沸いた。

前半の幕が下りる。

「——すみません、勝手なことして」

と、直子が言った。

「あなた、目立ち過ぎよ」

と、たか子が直子の肩をポンと叩いて、「でも、呼吸を呑《の》み込んでるわね」

「うん、良かったぞ。あれでいい」

と、三好が言った。「しかし、あれ以上はやるなよ」

「はい！」

と答えて、直子はちょっと舌を出した。

三好は休憩時間にロビーへ出ると、待っていた舟木を手招きした。

「どうですか、彼女？」

と、舟木が訊く。

「うん。面白い子だ」

と、三好は肯いて、「手もとで育ててみよう。君には礼をしなくてはな。次の舞台で客演ということでどうだ？」

「嬉しいです。ただ……」

「何か仕事が入ってるのか」

「いえ、そうじゃありません」

と、舟木は急いで言った。「家内のあかりが、何か小さな役でもやれないでしょうか」

「ああ、君の奥さんも役者だったな。則子から聞いたことがある。——分った。一度会わせてくれ」

「ありがとうございます！　大喜びしますよ、あかりが」

舟木の声も弾んでいた。

そこへ、早いところ着替えた千直子がやって来た。

「やあ、どうだい、気分は？」

と、舟木が訊くと、直子はちょっと笑って、

「何だか気恥ずかしいけど……。あんなもんでいいのかしら？」

「ああ、立派なもんだ」

直子は肩をすくめて、

「コンビニのレジより面白い」

と言った。

「そいつは何よりだ」

と、三好が笑って、「後半は出番がないが、参考になる。見ておくといいよ」

「分りました」

直子は楽しげに言って、「セリフって、みんな沢山あるんですか？」

「もちろん役による」

「セリフ、憶えるの、大変だったかい？」

と、舟木が訊くと、

「別に」

と、直子は首を振って、「でも結構楽しいわ。

自分が違う人間になれるじゃない」

「早くも役者らしいことを言い出したな」

と、三好が直子の肩を叩いて、「よく通る声をしているよ」

「声は子供のころからでかいんです」

「大ききゃいいってわけじゃない。しかし、お腹《なか》から声が出てるようだ」

「子供のころ、コーラスやってました」

「なるほどね」

後半のブザーが鳴る。

舟木も直子と一緒に客席に座った。

舞台が現われ、照明が光を溢《あふ》れさせると、直子は身をのり出すようにして、舞台に見入っていた。

——この子は本当に役者の才能があるのかもしれない。

舟木はちょっと胸が熱くなった……。

4　歌と踊りと

「まさかね……」

と、神田聡子が言った。

「本当よ」

と、亜由美が肯く。

「まだ何も言ってない」

「分ってるわよ、そのポスター見て言うんだもの」

「まあね……。でも、あれからわずか十か月よ」

銀座《ぎんざ》に出て来た亜由美と聡子、映画を見て、夕食をとろうと、劇場の近くのレストランに入ろうとしていた。

そして入口のすぐ脇に貼ってある〈次回公演〉のポスターを見て、同時に声を上げた。

それは〈ミュージカル・青春〉というタイトルだった。

〈作・演出　三好克之〉

そして――キャストは……。

「こんなこともあるんだね」

と、聡子は首を振って言った。

「そう感心ばっかりしてないで、レストランに入ろうよ」

と、亜由美が促す。

「それにしてもね……」

まだ聡子が呟いているのは、その〈ミュージカル・青春〉のキャストのトップに、

〈千直子〉

の名前があったからだ。

「ハンバーグ定食二つ」

と、オーダーして、亜由美は、「冗談みたいなことが、起る世界なのね」

——決して大手とは言えない〈劇団R〉が、こうして千人も入る大ホールでミュージカルなんて！

それには、〈主演・千直子〉の力が大きかった。

初めは、舟木のスカウトした新人だったのだが、ウエイトレス役が笑いを取って、たまたまその舞台を見ていたTV局のプロデューサーが、

「あの子を使いたい」

と言って来た。

三好としては断る理由はない。ギャラの三割は〈劇団R〉に入ることになるからだ。

そして、千直子はTVの連ドラのレギュラーメンバーになった。

二週、三週とドラマが続くにつれ、直子の出番は増えて行き、人気も出始めた。

SNSで、「あれ誰だ？」「埋もれてた宝だ！」などと評判になった。

かくて、このTVでの人気が、そのまま〈劇団R〉の集客へとつながって行ったのである。

そこへ持ち上ったのが、〈若者向けミュージ

カル〉の企画だった。

これは金になる、と三好は思った。

ところが……。

「――三好さんも困ったみたいよ」

と、亜由美が食事しながら言った。「なつきちゃんにこぼしてたって」

「どうして?」

「だって、〈劇団R〉のトップ俳優は何てったって、古山たか子と石森則子じゃない。当然、今度のミュージカルでも、その二人をメインキャストにしようとしたわけ。ところが、ミュージカルについたスポンサー企業が、『主役はTVで人気の千直子で』と言って来た。そうでなきゃ、お金を出さない、ってね」

「それで困ったわけか」

と、聡子は肯いて、「でも、結局は納得したんでしょ」

「もう話は進んでて、今さら中止ってわけにいかなかったの。三好さんは、古山たか子さんと石森則子さんを懸命に説得した……」

「な、たか子。分ってくれ」

と、三好は言った。「これは、俺たちのやりたい芝居をやるためなんだ。あの小屋を一杯にできれば、充分な利益が出る。いや、もちろん、スポンサーからの資金も含めての話だが」

稽古場に近い喫茶店は、三好が打ち合せによく使っている店だった。

三好と向い合った席には、古山たか子と石森則子が並んで座っていた。

「これが当れば、普段の公演が二つ――いや、三つできるかもしれない」

三好はコーヒーを飲んだ。

則子もコーヒーを飲んでいた。たか子だけは、紅茶に口をつけていなかったので、もうすっかり冷めていた。

「――則子はどう思う」

と、三好は言った。

たか子が全く口をきこうとしないからだ。

「大将のお好きなように」

と、則子は言った。「〈劇団R〉は大将のものですもの」

「うん。――しかし、みんなが気持よく演《や》れなくては意味がない」

「私、何でもやりますよ」

と、則子は肩をすくめて、「飛んだりはねたりはできないけど」

「ありがとう。――たか子、お前の役だって大変だ。舞台を引き締めるには、どうしてもお前が必要だ」

たか子は、やっと紅茶をひと口飲んで、

「ちょうどいいわ」

と言った。「少し疲れてたの。休みたかったから」

「おい――」

「誰かにやらせて下さいよ。誰だってやれる役じゃないですか」

「しかし……」

「私、歌は下手だから」

と、たか子は息をついて、「ちょっと山にでもこもろうかしら」

「たか子さん、私だって、歌や踊りは苦手よ。でも、役者なんだから、やらなきゃいけないこともあるでしょ」

「もちろんよ」

と、たか子は少し強い口調になって、「でもね、素人の引き立て役をつとめるのは、ごめんだわ」

そして、たか子はパッと立ち上ると、店から出て行った。

三好がため息をつくと、則子が言った。

「——大丈夫ですよ。たか子さんだって、〈劇団R〉の公演に自分が出ないなんて、我慢できないはずです」

「だが——あいつはプライドが高いからな」

「『俺が大将だぞ、言う通りにしろ!』って言ってやればいいんですよ」

三好にもそれは分っていた。しかし、一方でたか子の気持もよく分る。そして、これまでのたか子の功績も……。

「——仕方ない」

と、三好は言った。「また改めてたか子には話してみる」

「もし、どうしてもいやだって言われたら?」

「そうだなあ……。突然、誰かにやらせるってわけにも……」

「万一のときのために、代りを考えといた方がいいですよ」

則子の言葉に、三好は肯いて、ぬるくなったコーヒーを飲み干した……。

「それで、結局どうなったの?」

と、聡子は訊いた。

「分らないわ。でも、一応ポスターには、〈古山たか子〉〈石森則子〉の名前が入ってるよね」

「また銃撃騒ぎが起きなきゃいいけどね」

「やめてよ! ミュージカルに決闘のシーンなんかないでしょ」

と、亜由美は苦笑して言った。

「そういえば、あの事件はどうなってるの?」

「決闘シーンの話? その後は何も手掛りが見付からないらしいわよ」

「殿永さんでも、無理だったか」

「誰が売ったのか、色々当ったらしいけど、どうしても分らなかったって。——殿永さんも、本来の捜査で忙しいでしょ。そうせっつくわけにいかないわよ」

「それじゃ、新しく殺人事件でも起きなきゃだめね」

「聡子ったら! 縁起でもないこと言わないでよ」

食事を終えて、二人はコーヒーを頼んだ。

熱いコーヒーが、すぐにやって来て、亜由美はそっと口をつけた。

すると――何だか見たことのない背広姿の中年男が大股に二人のテーブルの方へとやって来たのだ。

そして、足を止めると、

「おい！　塚川亜由美ってのはお前か！」

と、怒鳴るように言った。

「私にご用ですか？」

亜由美はキョトンとして言った。

「お前に天ちょうを下してやる！」

男は何と拳銃を取り出すと、銃口を亜由美へ向けたのである。

こんなとき、冷静に対応できるのは、やはり亜由美の豊富な経験のせいだろう。

亜由美は手に持っていたカップの熱いコーヒーを、ためらうことなく男の顔にぶちまけたのである。

「ワッ！」

男は仰天して飛び上った。「熱い！　何しやがるんだ！」

拳銃は取り落としていた。亜由美は立ち上ると、

「〈天ちょう〉じゃないでしょ！　それを言うなら、〈天誅を下す〉よ」

と、訂正しておいて、右のパンチをくり出した。

男はアッサリのびてしまった。

店の他の客が唖然として眺めていたが、亜由美が男をKOしてしまうと、一斉に拍手が起ったのだった……。

「拳銃は本物でした」

と、殿永が言った。「しかし、亜由美さんは凄いですね！　アッという間に大の男を叩きのめしてしまったとは……」

「お世辞はいいです」

と、亜由美は言った。「あの男、何なんですか？」

「話していることによると、亜由美さんに妻を奪われたと怒っているようです」

「妻を？　夫じゃなくて？」

「夫を奪った覚えが？」

「ないですよ、そんなこと！　でも……」

「亜由美はもてるもんね。男にも女にも」

「からかわないで」

と、亜由美は聡子をにらんだ。「殺されるところだったんだから！」

「ああ、そこは大丈夫でした」

と、殿永が言った。

「え？　だって、拳銃、本物だったんでしょ？」

「そうですが、弾丸が入ってませんでした」

「は……」

「ワン」

足元でドン・ファンが鳴く。

――塚川家の居間である。

亜由美が男をKOしてから三日後のことだった。

「何だか間の抜けた話ね」

と、話に割って入ったのは、母の清美である。

「全くです。何しろ、持たされたのがモデルガンだと思い込んでいたそうですから」

「どういうことですか?」

「男は羽田広紀《はねだひろき》といって、四十五歳です」

と、殿永は手帳を見ながら、「リストラでこの三か月失業して、方々さまよっていたとき、知らない男から頼まれたそうです。『塚川亜由美って女を、ちょっとおどかして来い』と。拳銃を渡され、『これを突きつけてやれば、怖がって泣き出すさ』とのことだったそうですが……」

「亜由美のこと、まるで分ってない奴の言い分だね」

と、聡子が言った。

「でも、一体誰がそんなこと……」

と、亜由美がふくれっつらになると、清美が言った。

「それは亜由美がこれまで大勢の人に恨まれる人生を送って来たからよ」

「お母さん! 私は犯人は大勢逮捕させて来たけど、それがいけないって言うの?」

「まあ、あなたはそういう運命に生まれついているのよ」

「いやいや」

と、殿永があわてて言った。「亜由美さんは、世の中に正義をもたらしたんです。これは誇るべきことですよ」

「その割に、感謝されてない！」

と、亜由美がすねている。

「ともかくですね、羽田に仕事を依頼したのは誰なのか、調べ上げます」

「お願いしますわ」

亜由美は、わざとていねいな口調で言った。

「私が機関銃で蜂の巣にされる前にね」

亜由美のケータイが鳴った。

「――はい、もしもし？　――え？」

亜由美は傍《そば》に控えていた加東なつきの方へ、

「車、出せる？」

「十五分で。どこへ？」

「劇場。〈ミュージカル・青春〉のリハーサルで、また何か起ったらしいの」

「かしこまりました！」

なつきが連絡すると、十二分で、亜由美の玄関前に、ベンツが横づけされた。


ステージに歌とバンドの音が溢れていた。

ソロで歌っているのは、新人の千直子。立派な声だ。

重ねて二重唱しているのは石森則子だった。

さすがに呼吸がしっかりできているので、歌も手堅くこなしているが、千直子にはとても及ばない。

しばらく眺めていて、亜由美はやはり千直子が主役になるのは仕方ないだろうと思った。

「——よし、休憩！」

ポンと手を叩いて、三好がステージに出て来た。

そして客席の通路に亜由美たちの姿を見つけると、

「わざわざ申し訳ない」

と、拝むように両手を合せた。

「何があったんですか？」

「いや、これから起るかもしれない、ということなんです」

「あら、いらっしゃい」

汗を拭いながら、石森則子がやって来た。

「慣れない歌で四苦八苦よ」

「でも、しっかり歌えてるじゃありませんか」

「そう？　——ま、あの新人にゃかなわないけどね」

千直子が、ピアノの所に行って、何か打合せている。

「古山たか子さんは？」

と、亜由美が訊くと、三好が首を振って、

「やっぱり無理と言って、旅に出てしまったんですよ」

「じゃ、代役を？」

「ええ。ちょっと地味だが、いい役者ですよ」

と、三好は言って、「おい、あかり！　ちょっと来てくれ」

と手招きした。

「舟木あかりです」

「ああ、あの舟木さんの奥さんですね」

「うん。舟木君も、このミュージカルに出ているよ」

と、三好が言った。

「それで――心配事って何ですか?」

「ワン」

「それは――稽古を見てもらえば分ると思うので。おい! 後十分でリハーサル開始!」

実際に公演する劇場でのリハーサルだからぜいたくである。

舞台のセットもかなり出来上っていて、公演間近を感じさせた。


「座ろう」

亜由美は聡子、なつき、ドン・ファンと並んで客席に座った。

ステージでは、直子がリズム感のいいところを見せていた……。

「どうして、また……」

と、客席でリハーサルを見ていた亜由美は思わず呟いた。

〈ミュージカル・青春〉の舞台では、何とまた〈決闘〉がくり広げられていたのである。

「――これって、若者向けミュージカルなんですよね」

と、加東なつきが言った。

「まあ、タイトルが〈青春〉だしね」

「でも、お話、古くないですか？　男を巡って女二人が争うなんて。ただの三角関係じゃないですか」

「そう言っちゃうと確かにね」

と、亜由美が肯く。「お前もそう思う？」

「ワン」

と、ドン・ファンも同意した様子だった。

舞台では、主役の千直子が、「自分を裏切った男」への怒りと嘆きを歌って、恋敵の石森則子と決闘することになる。

「私だったら、決闘なんかしません」

と、なつきが言った。

「じゃ、どうするの？」

「男を殺します」

「――なるほどね」

これが「当世風」というものか、と亜由美は思った。――私って、もうトシなのかしら？

今回の〈決闘〉は、拳銃ではなく、ナイフだった。

女同士がナイフを手に対決する。

「〈ウエスト・サイド〉の女性版ですね」

と、なつきが言った。

なるほど、と亜由美は思った。〈ウエスト・サイド・ストーリー〉では男同士がナイフで争う。

直子と則子のナイフでの決闘は、なかなかの迫力だった。

二人とも若いとはいえ、ちょっと間合の取り方を間違えたら、ナイフが触れてしまいそうだ。といっても、もちろん本物のナイフではあるまい。

そして、直子のナイフで則子が傷つけられ、よろける。則子危うし、というところで、

「もうやめて！」

と、二人の間に割って入ろうとするのが、舟木あかりだった。

本当なら、古山たか子の役だったのだろう。

「こんな争いは虚《むな》しいわ」

と、あかりが言って、「どっちが死んでも恋には勝敗などないんだわ」

そのとき——銃声が響いた。

あかりがバッタリ倒れる。

まさか！——亜由美は思わず立ち上っていた。

こんな所で銃声が？——しかし、舞台では則子が倒れたあかりに駆け寄って、

「死んじゃいやよ！」

と、すがりつく。

お芝居は進んでいた。亜由美はホッとしたものの——。

「何も、あんな演出にしなくたって、いいじゃありませんか！」

通し稽古が終ると、亜由美はまず真先に、三好に文句を言った。

「いや、僕もねえ……。気は進まなかったんで

すが……」

と、三好は首を振って、「何しろ作者がどうしてもって聞かないんですよ」

「三好さんの作・演出じゃないんですか?」

「そういうことになってますが、僕はストーリーのアイデアを出しただけで、実際の作者は他の人なんでね」

「それにしたって……。もちろん、また実弾が飛んで来ることはないでしょうけど」

「ちゃんとチェックはしてますから」

と、三好は強調して、「それで、どうですか、感想は?」

「そうですね」

と、亜由美はちょっと考えて、「一人の男を巡っての女二人との三角関係って、少し古くさくないですか?」

幸い、なつきはそばにいなかったが、

「ワン」

と、ドン・ファンが異議をとなえた……。

5　孤独の海

いつもＴＶドラマを見ていると、

「また、これ?」

と、呆れているのだが……。

傷心の旅に出たヒロイン。あるいは殺人をおかした女性が、旅の果てにやって来るのは……。

荒波が岩をかむ北の海。——凍りつくような海風が顔に吹きつけて、古山たか子は、まさか自分がこんなことをしようとは思わなかった。

「肌が荒れるわ」

と、たか子は呟いた。「メイクののりが悪くなる……」

でも——もうどうでもいいんだわ。私はもう〈劇団Ｒ〉にとっても、大将にとっても、必要ないのだ。

「そうなんだわ……」

——東京では、〈ミュージカル・青春〉が大当りしている。追加公演まであるという。

三好も大喜びしているだろう。

そしてあの「素人」も。

本来のたか子の役を、舟木あかりがやっているらしい。——たか子も、小さな公演で、あかりを見たことがあった。

華がない、というか、舞台へ出たとき、パッと人の目をひきつけるものがない。

もちろん、一つの舞台には多くの役があり、中にはあまり目立たない方がいい役もある。そういう役者も必要なのだ。

でも――たか子がやるはずだった役は、目立ってはいけない役ではないだろう。目立つと言うより、「存在感」を問われる役だ。

「こんな争いは虚しいわ」

と、たか子は言った。「どっちが死んでも恋には勝敗などないんだわ……」

あのミュージカルの、自分の役のセリフはすべて入っていた。

いつだって、舞台に立てる。

たか子は、つい想像してしまうのだった。

舟木あかりが不評で、

「もう出たくない!」

と、姿を消してしまい、三好が、

「やっぱりお前じゃないと」

と、たか子に、「出演してくれないか」

と頼んで来る。

そんなことが起るのではないか、と……。

「みっともない! やめなさい!」

と、たか子は自分を叱りつけた。

他の役者の失敗を願うなんて。その代役を期待するなんて。

恥ずかしいことだ!

私はそこまで落ちぶれていたの? 無名だった地味な役者が、チャンスを得て、役に取り組んでいるのをねたむなんて。

　それでも、たか子は今夜もどこかの宿で、スマホに出る〈ミュージカル・青春〉の評の数々を読んでしまうだろうと分っていた。

　確かに、新人の千直子は歌唱力と、溌剌《はつらつ》とした個性が評価され、「ただし演技力はまだまだだが、華やかな雰囲気がそこをカバーしている」と書かれている。

　そして、則子は「さすがの存在感」と言われ、「役柄のつかみ方が深い」とも。

　だが、今のところ、もう一人のメインキャスト、舟木あかりについて触れた評は見当らなかった。

　そして、評の二つに一つは、「この舞台に、いつもの古山たか子の姿が見えないのは寂しい」と記していた。

　普段は劇評など見ないたか子だが、こんなときには、つい気にしてしまう……。

「情ない」

と、たか子は言った。「あんたも俗物ね」

そうだ。役者は、賞《ほ》められることを望んでいる。客席に空席があると、目に飛び込んでしまう。

　そんなものなのだ。

「でも……」

と、無理をしてみる。「大入りで良かったわね、大将」

　どこか宿へ行こう。今夜も、古びた、温泉にひたれる宿を捜すとしよう。

波の音。そして凍りつく風……。

こんな所で、まさか……。

たか子は海から離れようと歩き出したのだが、そのとき、少し離れた岩の上にポツンと立っている女性を目にした。

白いコートが、風ではためき、髪もボサボサになっている。

「何してるのかしら……」

自分と同じように、役を外れた役者かしら？

――まさか！

すると、その女性はコートを脱ぎ捨てたのだ。コートは風に吹かれて、アッという間に飛んで行ってしまった。

そして女性は、岩の上を伝って、波の砕ける海へと――。

「やめなさい！」

つい叫んでしまったのは、役者だからか？ 芝居じみた真似《まね》をしたくなるのだろうか？

でも、ともかく、その女性が海へ身を投げようとしていることは確かだった。

「だめよ！」

と、叫んで、たか子は駆けつけた。

たか子の声は、強い風のせいで届かなかったのだろう。岩と岩の間に入って行こうとする女性を、たか子はやっと捕まえた。

「誰なんですか！」

女性はびっくりして、「離して下さい！ 放っといて！」

「馬鹿なこと、やめなさい！」

「馬鹿なことって――。馬鹿だから死ぬんです！　人のことなんか放っといて下さい！」

「だめよ！　危ないじゃないの！」

岩の表面が濡《ぬ》れて、滑りやすくなっていた。たか子は何とかその女性を引き戻そうとした。

すると、その岩と岩の間に、大きな波が入って来た。そして、狭い隙間のせいで、波が高くはねるように上ったのである。

たか子も、その女性も、頭より高く上った波を、もろにかぶってしまった。

「キャッ！」

「冷たい！」


二人はあわててその岩の合間から逃げた。

「――濡れちゃった」

「びしょびしょだわ」

二人は息をついた。そして――顔を見合せると、何だかおかしくなって笑ってしまったのだ……。

たか子は思い切りクシャミをした。

「――すみません」

と、その「自殺しそこなった娘」は、毛布をたか子に渡して、「寒いですよね」

「石油ストーブがあるのに、どうして点《つ》けないの？」

たか子はその若い娘――水口弥生《みずぐちやよい》という二十

四歳の娘だった――に言った。

「あの……。石油が入ってないんです」

「どうして?」

「死ぬからと思って。空になったとき、今から石油入れるのはもったいないと……」

「結局、死ぬのやめたんでしょ?」

「はあ……。あんなに海の水って冷たいんだって分って……」

いい加減な! たかナは、

「石油のポリ容器は? ――お店、どこなの?」

と立ち上った。

「あの……このアパートのすぐ向いです……」

「じゃ、買って来るわよ」

たか子は濡れた服のまま、水口弥生のアパートを出て、急いで石油を買って来ると、ストーブに注いで、火を点けた。

黒い煙が出て、たか子はちょっとむせた。

「手入れしてないんでしょ! こんなに煤《すす》が出て」

「はい。どうせ死ぬから、今さらと思って……」

たか子も何とも言えなかった。呆れて、である。

それでも少しすると、ストーブに炎が上り始め、六畳一間の部屋は、じきに暖かくなって来た。

「服を脱いで」

と、たか子は言った。

「は?」

「濡れたもの着ていたら風邪ひくでしょ！」

「そうですね。クシュン！」

とやって、グスンとはなをすすって、「私、もともと風邪ひいてたんだ」

「え？」

「忘れてました。風邪気味で、熱っぽかったんですけど……。どうせ……」

「死ぬんだから放っといた？　全く！」

たか子は服を脱いで下着姿になると、毛布を体に巻きつけて、洗濯物の干し紐《ひも》を張って、服を広げて掛けた。

「――器用ですね」

と、水口弥生はたか子の手ぎわの良さに感心した様子で、「洗濯屋さんですか？」

「違うわよ、私は役者」

「え？　役者さん？　ＴＶドラマとかに出てる……」

「たいては舞台ですけどね」

と、たか子は言った。「役者は女王様もお手伝いさんもやらなきゃいけないから、何でも身につけるのよ」

「凄いですね、ハクション！」

と、弥生は震えている。

「あんた、ここに住んでるんでしょ？　着替えりゃいいじゃないの」

「でも……洗濯してないんです。どうせ――」

「死ぬから洗濯してもしょうがない？　あんたね、死ぬときは、後で人に見られても恥ずかしくないように、掃除も洗濯も、きちんとしておくものよ」

「そうなんですか？　私、死のうとしたの、初めてなんで……」

もはや、たか子は何も言う気が失《う》せてしまった。

一旦濡れたものは、そうすぐには乾かない。

「お茶ぐらいないの？」

と、文句を言って、「どうせ死ぬから買ってないのよね」

と、自分で返事をした。

仕方なく、毛布にくるまって、壁によりかかっている内、たか子はいつしかウトウトしていた。

ふっと気が付くと、外はもう真暗になっている。——二、三時間は眠ってしまったらしい。

干した服を手で触ってみると、大分乾いていた。もう少し、かな。

「あんた……。寝てるの？」

弥生を見ると、座布団の上に丸まっている。

「本当に風邪ひくよ！」

と、つついてやると、弥生は「ウーン」と妙な呻き声を上げた。

たか子は眉をひそめて、

「変な声出さないでよ。——どうしたの？」

手が、弥生の額に触れる。びっくりした。

凄い熱だ。

「ちょっと！　しっかりして！」

と、呼びかけた。「風邪薬ぐらい、持ってないの？」

「あの……どうせ……」

「死ぬからいらない？　全くもう！」

高熱でガタガタ震えている。

たか子は服を着ると、玄関を出て、隣の部屋の住人に、近くの医者を教えてもらった。

「しっかりしなさい！」

仕方ない。たか子は、高熱の弥生を背中におぶって、アパートを出た。

幸い、二、三分の所に病院があって、たか子はそこの戸を叩いた。

個人病院だが、前から弥生を診ていたそうで、すぐに診察してくれた。

「――よく熱を出すんだよ、この子は」

もう八十近いかと思える医師はそう言って、

「注射を射ったから、一旦熱は下がると思うが、後は布団にくるまって寝とくしかないね」

「そうですか……」

仕方ない。放っておくわけにもいかなかった。また弥生をおぶってアパートに戻る。

さすがに布団は捨てずに取ってあったので、ともかく洗ってなくても下着を替えさせ、布団に押し込んだ。

「すみません……」

と、ボーッとした様子で、「どうせ……」

「死ぬから放っとけって？　風邪が治ったら何でもすりゃいいわ」

たか子は、まだ若い弥生の面倒をみている内、何だか少し気が楽になって来た。

〈ミュージカル・青春〉のことを、くよくよ考えるより、弥生の部屋の冷蔵庫がほとんど空っぽなのを見て、近くのスーパーに買物に行ったり、熱いスープを飲ませたり、冷やしたタオルで額の熱を取ってやったり……。

そんなことが妙に楽しかったのだ……。

そして……。

三日ほど続いた高熱もやっと下がり、弥生は食欲も戻って来た。

「たか子さんって、お料理もできるんですね！　凄いなあ」

と、弥生は感心している。

「これは舞台のために練習したわけじゃないのよ」

と、煮込んだお肉を弥生に食べさせながら、

「あんたも一人暮しでしょ？　いやでも料理するようになるもんじゃないの？」

「でも……。私、一人暮しになったのは、ここ三年ぐらいで。それまでは妹がいつもご飯を作ってくれてたんです」

「妹さんがいるの」

「ええ。私と違って、凄くパワフルで、逞《たくま》しいんです。私の分まで吸い取っちゃったみたい」

「まるで吸血鬼ね」

と、たか子は笑って、「今、妹さんはどうしてるの？」

「何とも言って来ません。――あの子のことだから、どこででも生きていくでしょうけど」

と、弥生が言って、「そこの引出しに妹と撮った写真が」

「見ていい？」

「ええ、どうぞ」

台所の戸棚の引出しを開けると、写真立てに入った女の子二人のツーショットが……。

「写真のときは、まだ妹は十六でした。でも、私より大人びてるでしょ？　何やっても、私は妹にかなわなくて……」

「――弥生ちゃん」

と、たか子は言った。「この子……妹さんは何て名前？」

「分りません」

「分らないって……。どうして？」

「駆け落ちしちゃったんです」

「へえ」

「十七だったんですよ、まだ。突然結婚したいって言うから、早過ぎるって言ってやったんです。そしたら、アッサリ書き置き残して駆け落ち」

「大胆ね」

「両親がもう亡くなってたんで、私が親代りのつもりだったんですけど。私も二十一でしたから、妹を止める迫力に欠けてたんでしょうね」

と、反省（？）している。

「妹さんからはそれきり？」

「直子です。あんまり当り前の名前なんで、当人は気に入ってませんでしたけど」

たか子はしばし言葉を失っていた。

写真の中で、弥生と仲良く肩を組んで笑っている「妹」。それは、まだ少女ではあったが、間違いなく千直子だったのである。

「――どうかしました?」

と、弥生に訊かれて、

「いえ、ちょっと……」

何をどう言えばいいのか、たか子が迷っていると――。

「あ、そういえば……」

と、弥生が急に思い出したように、「私、熱があると、何だかわけの分らない話をするみたいなんですけど。たか子さんに、どうして死のうとしたか、理由を言いましたっけ?」

まるで他人事みたいだ。

「聞いてないけど……」

どうせ、彼氏に振られたとか、そんなことだろうと思っていた。

「言っとかなきゃいけなかったわ」

と、弥生が胸に手を当てて、「すみません!」

「いいけど……。何なの、理由は?」

「どうせ……って言うと呆れられそうですけど、どうせ死ぬんだから、って……」

「また『どうせ』が始まった」

と、たか子は苦笑して、「ちゃんと話して。『どうせ』抜きでね」

「すみません！　でも――自分で死ななくても、どうせ殺されるんです。だったら殺される前に死のうと……」

「ちょっと！　ちょっと待って。今、『殺される』って言ったの？」

「ええ。私のこと、殺しに来る人たちがいるんです。逃げてもむだなんで、どうせなら自分で――」

「何なの、それ？　どういう話？」

「たか子さんは、巻き込まれたら大変ですから、逃げて下さい」

「いきなりそんな……。言うならもっと早く言ってよ」

「すみません。私、大事なことを言い忘れるくせがあって、昔から」

「じゃ、今、思い出してる内に話して。一体どうして、あなたが殺されることになってるの？」

弥生は肯いて、

「話せば長いんですけど――」

「短く話して！」

と、たか子は言った。

6　SOS

カーテンコールが終った。

「お疲れさま」

と、三好は役者たちへ声をかけた。

「楽しかった！」

汗を光らせながら、少しも疲れた印象がないのは千直子である。

「地方公演が控えてるぞ。体を休めておけよ」

と、三好が直子の肩を叩く。

「マッサージに行かなきゃ」

と、伸びをしているのは則子である。「二十歳にゃ勝てないわ」

「よく頑張ったな」

と、三好は則子に声をかけたが、

「自分でも分ってるわよ」

と、則子は言った。「地方公演は他の人にやらせて」

「おい、急にそんなこと……。できっこないだろ」

「だったら、このミュージカルの次の演目、私に決めさせてちょうだい！」

「何だって？」

「いいでしょ。私がどんなに頑張ったか。たか子さんのいない舞台で」

「そりゃ良く分ってる」

「だったら、私がやりたい芝居をやってくれてもいいじゃないの」

「しかし、今は先のことなんか――」

「聞いてくれなかったら、地方公演で、音を外してやる」

三好は苦笑した。

もちろん、則子がわざと音を外すなんてことはあり得ない。

どんな事情があろうと、舞台での失敗は役者の失敗ということになる。

三好には、則子が全力で演じ切ると分っていた。

「先生」

と、三好に声をかけて来たのは、舟木あかりだった。

まだ三好のことを「大将」と呼ぶところまで行っていない。

「やあ、お疲れさん」

と、三好は言った。「もうひと頑張りしてくれよ」

「そのことでお話が」

と、あかりは言った。

「そうか。分った。じゃ……」

三好は楽屋の一つに入って、「どうかしたか?」

と訊いた。

あかりは椅子に力なく座ると、

「もう無理です」

と言った。

「何だって?」

「私には荷が重過ぎます。毎日、精一杯やりましたが……」

あかりはため息と共に言った。

「あかり……」

三好にも分っている。劇評でも、直子と則子はほめられているが、かなり重要な役でもあるあかりには、ほとんど触れられていなかった。

確かに、三好もあかりに満足しているわけではなかった。

だが、たか子がいない中、キャスティングは、あかり以外いなかったのだ。

「あかり」

と、三好は椅子にかけて、あかりの手を取ると、「自分の出来に満足できないんだな？　それは誰だってあることだ」

「でも、私は日を重ねても、上手《うま》くなっていません」

「いいか、あかり」

と、三好は言った。「自分の芝居を、そう思えるってのは大したことだぞ。たいていの奴は、自分は天才だとかうぬぼれる。しかし、お前は自分の芝居を、客の目で見られるんだ。そんな奴は、なかなかいない」

「でも……」

すっかり気落ちしている様子のあかりがうつむいていると、ドアが開いて、

「あ、すみません」

と、舟木が顔を出して、「あかり？　どうし

たんだ?」

「あなた。——私、もうとてもこの役はやれないって……」

「だめ出しされたのか? そんなの毎日あることだ」

「そうじゃないの」

と、あかりが言うと、三好が、

「いや、あかりは力不足だと悩んでるんだ」

と言った。

「せっかく、大きな役をつけて下さったのに」

「私には重荷なの。どうしても役に入りこめない」

「それは確かに、たか子と比べれば、役を掘り下げられてないだろう。しかし、あかりの立場では充分だ。ちゃんと芝居の心は伝わっている。自信を持て! 地方公演は体力勝負だ。今夜は旨《うま》いものでも食って、ぐっすり寝るんだ」

三好の言葉も、あかりの不安を拭い去ることはできなかったようだが、それでも夫に手を取られて、立ち上った。

するとそこへ、

「大将!」

と、顔を出したのは則子だった。「良かった! ここだったのね」

「何かあったのか?」

「塚川亜由美さんのケータイに、かけて来たの」

「誰が?」

「たか子さんよ。何だか『命が狙われてる』とか、『俺たちに明日はない』とか……」

「映画のタイトルだろ、それは」

三好は呆気《あっけ》に取られて、「どうして亜由美さんのケータイに?」

そこへ、当の亜由美が顔を出して、

「たか子さんからSOSです!」

と言った。「みんなで救いに行きましょう!」

「みんなで?」

「たか子さんがそう言ってます。東京公演は終ったんでしょ、って。今、C町って所にいるそうですが、一応小屋があるそうですから、ここで地方公演をやってくれと……」

「そんな所、聞いたことないぞ」

「でも、行って〈ミュージカル・青春〉を上演しないと殺される、って」

「どういうわけだ?」

「そんなこと、分りませんよ」

と、亜由美は言った。

「しかし――」

「ワン!」

激しく吠えたのは、もちろんドン・ファンである。

「ドン・ファンも言ってます! たか子さんを信じているのなら、彼女の頼みを聞くべきだって」

三好が目をパチクリさせて、

「犬の言葉が分るんですか?」

「もちろんです! 私とドン・ファンは強い絆《きずな》で結ばれているんです」

無茶な話でも、堂々と言われると言い返せないものである。

そこへ、舟木あかりが加わって、

「たか子さんが助けを求めてるんです！　行きましょう！　地方公演のスタートまで三日間あります。その町で公演をしましょう！」

あかりが、こんなに熱をこめて発言するのは初めてのことだった。

そこへ、さらに、

「行きましょう！」

と、立ち聞きしていた則子まで加わった。

「私の歌唱力を見せてあげるわ」

「負けませんよ！」

ついでに、直子まで入って来た。

「分った！」

三好も、もはやお手上げ状態。「おい、佐知子！」

と、〈劇団R〉のマネージャーを大声で呼ぶと、

「お呼びですか」

なぜか佐知子が楽屋の入口に立っていたのである。

「どうしてそこにいるんだ？」

「あんまりやかましいんで、見に来ました」

と、佐知子は言った。「至急、セット運搬用のトラックを手配します」

ケータイで手早く連絡すると、

「大将」

「何だ」

「一日は興行が増えるわけですね。ギャラはど

うしますか?」

三好は何か言いかけたが、思い直して、

「分った!　その一日分のギャラは俺が出す!」

と、ほとんどやけになって言ったのだった……。


そのころ……。

潮の香りのする港町で、町には不似合な大きな外車から降り立った男がいた。

白い上下のスーツに、黒いシャツ、赤いネクタイ。冗談みたいなサングラスを、夜なのにかけていた。

男は匂いを吸い込むと、

「うん。ここだ」

と言った。


「――坊っちゃん」

車から降りて来た黒いスーツの男が、「こんな町にいるんですか?」

「いる」

と、「坊っちゃん」と呼ばれた白いスーツの男は肯いて、「あいつの匂いがする。――弥生はこの町にいる」

と言って、今は暗く寝静まった町を眺め回した……。


「殺したいほど惚れられちゃったんです」

と、水口弥生は言った。

「は……」

聞いていた古山たか子は、首をかしげて、

「何だか映画のタイトルみたいね。〈殺したいほど惚れられて〉?」

「本当なんです」

と、弥生は言った。

「もちろん、嘘《うそ》だとは言わないけど……」

と、たか子は言った。「でも、それにしちゃ、あなた……」

「——何ですか?」

「いえ、別にね。人には好みってものがあるから……」

と、たか子は言い淀《よど》んだ。

「はっきり言って下さい」

と、弥生は言った。「そんなに惚れられるには、私が地味でパッとしない、って言いたいんでしょ?」

「いえ、そうは言ってないわよ。ただ——」

「その通りなんです」

「は?」

「私も、まさか、男の人にそこまで惚れられるなんて、思いもしなかったんです」

「でも……惚れられたわけね?」

「たまたまの成り行きなんですけど」

と、弥生はため息をついた。「本当に、笑いたくなっちゃうくらい、つまらないことで……」

もともと、弥生は方向に弱かった。

高校生のとき、駅から学校へ行く道を三回も間違えたほどである。

「いやだわ……」

そのとき、足を止めて、弥生は呟いた。「道、分んなくなっちゃった」

――その日は、弥生の勤めていた小さな会社の行事で、郊外のハイキングコースを歩くことになっていたのである。

全部でも七人しかいない、小さな会社で、腰を痛めている社長は抜きの六人が、朝八時にその駅前に集合して、一緒に歩き出したのだった。

それが……。ハイキングというから、野原の道をテクテク歩くだけと思っていたら、何と結構きつい山登りだったのだ。

もともとすぐ息の切れる弥生は、十五分もすると、一息つくことにした。

「大丈夫よ。この道ずっと一本だから」

と、同僚たちはさっさと上って行く。

「迷子になりたくたって、なりようがない」

とまで言われていたので、弥生も安心して休んでから、また歩き出したのだったが……。

一体、どこをどう間違えたのか、いくら歩いても山頂には着かず、どんどん道は細くなって、しまいには腰ほどもある茂みの中で、道が消えてしまった！

弥生は立ち往生。

「どうしよう……」

と、途方にくれていた。

すると――いきなり後ろから、

「おい！　どうなってるんだ！」

と怒鳴られて、弥生はびっくりして飛び上りそうになった。

まさか後ろを歩いている人がいるとは思いもしなかったのだ。

「あの……どなたですか？」

こわごわ訊いたのは、白いスーツにサングラスをかけ、どう見ても「普通の人」じゃないようだったからだ。

「用があって、この山を登って来たんだ」

と、その男は言った。

「でも……この道じゃないみたいです」

「お前がどんどん歩いて行くから、俺はお前の後からついてけばいいと思ってたんだ！」

「あ……。そうですか。すみません。私、道がまるで分んなくて……」

「どうしてくれるんだ！　お前のせいだ。何とかしろ！」

いくら怒鳴られても、道ができるわけじゃない。

「あの……どう見ても、この先は道がなさそうですから、一旦戻った方がいいんじゃないかと……」

と、弥生は言ったが、歩いて来た所は、すでに茂みに埋もれていて、もはや戻るにも戻れないのだった。

「あの……スマホでナビを……」

と言ったが、山の中で、電波が入らない。

「どうするんだ！」

と、怒っている男へ、弥生はペコペコ頭を下げていたが、そこへ、

「——あ、そんな！」

雨が降り出したのである。しかも、すぐにどしゃ降りになってしまった……。

「おい！　傘はないのか！」

と怒鳴られ、

「折りたたみなら一本――」

「早く出せ！」

「はい！」

弥生はバッグから折りたたみ傘を取り出して、広げた。

「よこせ！」

「はい、どうぞ」

どうして私の傘を渡してしまわなきゃいけないの？　さすがに弥生もそう思ったが、口に出しては言えなかった。

男は弥生の傘をさしたのだが――。

「――何だ、これは！」

また怒鳴ったのである。

「あの……」

「ちっとも傘の役をしてないじゃないか！　どんどん雨が洩《も》ってるぞ！」

「あ！　いけない！」

弥生は、出て来るとき、間違って、捨てるつもりだった古い傘を持って来てしまったのだ。ボロボロで、確かに雨がほぼ半分くらいは通過(?)してしまう。

「すみません！　間違えてしまって――」

と言いかけると、

「俺を殺すつもりか？」

と訊かれてびっくりした。
「そんな！　どうして私が――」
「俺は風邪をひきやすいんだ！　それを分って
て、こんな所へ誘い込んだな！」
「とんでもないです！　私、ただ道に迷って……」
「こんなもん、役に立たねえ！」
と、男はボロ傘を放り出した。
――二人は結局、ずぶ濡れになって、それで
も何とか正しい道を見付けることができた。
そして、夜になって冷たい夜気の中を下山し
たのだが……。
「何なの、その人？」
と、たか子は訊いた。
「その辺の顔役なんだって言ってましたけど。
どんなもんだかもよく分らなくて」
「それで？」
「その人、本当に風邪ひきやすい人だったんで
す！　山を下ってる途中で、熱を出してフラフ
ラになり、歩けなくなっちゃって」
「情ない顔役ね」
「私、救助を求める電話をかけて……。結局何
とか救助隊の人に運ばれて山を下り、救急車で
病院へ」
「命拾いね、あなたも」
「それが……。その人、一週間も熱が下がらず、
私、成り行きで毎日病院に通うことに。何しろ
田舎の小さな病院なので、入院患者に食事も出

ないんです。で、私、毎日お弁当を作って持って行き……」

弥生はため息をつくと、「看病してる間に、その人、私のことを『天使みたいだ』と、惚れ込んでしまったんです」

「とんでもない人に惚れられちゃったもんね」

と、たか子は言った。「でも、どうして殺されるの?」

「あの人――あ、名前は土方京二《ひじかたきょうじ》っていうんですけど、退院するとき、私に『きっと迎えに来るからな』って言ってったんです。私は真に受けなかったんですけど……。一週間ぐらいしたら、いきなりアパートにやって来て、『結婚式の日取りが決った』って。びっくりしました」

「そりゃそうね。断れば?」

「断ろうとしたら、『もう他の組にも通知が行ってる。今さら取り止《や》めにはできない』と言われ……。『俺の組の名に泥を塗るつもりなら、死んでもらう』って」

「無茶ね! それで逃げて来たの?」

「そうなんです。でも、逃げるにも列車代もろくに持ってないので……。もうここで諦めて身を投げようと」

弥生の話を聞いていたたか子は、しばらく考えていたが――。

「ね、この町には、芝居のできる小屋はある?」

と言ったのだった……。

7　再会

大型トラックが入って来ると、小さなC町の広場は、ほとんど一杯になってしまった。

トラックに続いて来たマイクロバスは、広場の手前で停《とま》るしかなかった。

「則子」

と、手を振ってやって来たのは、たか子だった。

「たか子さん！　どこにいたの？」

と、真先にマイクロバスを降りた則子は、たか子の手を固く握った。

「気ままな旅でね」

と、たか子は言った。「〈ミュージカル・青春〉は大当りみたいね。おめでとう」

「大将に言って。私はたか子さんがいなくて寂しい」

と、則子は言った。「ここ、どういう町なの？　SOSは聞いたけど」

「ちょっとややこしいことになってるの」

と、たか子は言った。

「ワン」

マイクロバスから、ドン・ファンが降りて来て、続いて亜由美たちもついて来た。

「亜由美さん！　来てくれて嬉しいわ！」

と、たか子は歩み寄った。

「殺されるとか、穏やかじゃない話ですね」

「詳しいことは、この町で知り合った女性と一緒に話します。——直子さん」

千直子が降りて来ると、たか子は、

「何だか見違えるようね!」

と言った。「すっかり役者らしくなったわ」

「そんなことないと思うけど」

と、直子はちょっと照れたように、「でも、舞台に立ってると、とっても楽しいです」

「それって、すてきなことよ」

と、たか子は言った。「——みんな、お昼まだでしょ? この港で仕入れたお魚がおいしいお店を予約しといたから」

「気がきくじゃないか」

と、三好が降りて来て言った。「しかし、どういう事情なんだ?」

「それはお昼、食べながら」

と、たか子は言って、「あ、折田さんも一緒だったの」

劇団の最年長、折田務が伸びをして、

「年寄りでも、チケットを売るぐらいのことはできるよ」

と言った。

「でも、お客は来るの?」

と、則子が言った。

「こんな小さな町だもの。楽しみは少ないわ。大丈夫、きっとお客は入る」

「小屋はどこ?」

「これから行く食堂がね、舞台のある小屋になってるの。テーブルを片付ければ、百人ぐらいは入る」

「じゃ、まずは腹ごしらえだな」

と、三好が元気よく言った。

小さな町でも、初めての公演を打つことが楽しいのだ。

「直子ちゃん、来て」

たか子が直子の腕を取って、「あなた、この辺に見憶えは?」

「ええ……」

直子は、ちょっと戸惑ったように、「私、この近くの町に住んでたんです。ここにも何度か来たことがあるようで……」

本当に「小屋」としか呼べない木造の建物だった。

ガラリと戸を開けると、

「団体のお着きよ!」

と、たか子は言った。

古ぼけたテーブルと椅子が並んでいる。

その椅子から立ち上ったのは、弥生だった。

直子が足を止めて、仰天して目を丸くすると、

「お姉ちゃん!」

と、声を上げた。

「直子。——ポスター見て、びっくりしたわよ」

と、弥生は言った。「もう二十歳か。大人になったね」

「お姉ちゃん……。どうして……」

直子だけでなく、みんなびっくりしている。

「詳しい話は、食事しながら」

と、たか子は言った。「さあ、みんな座って！」

——亜由美も、さすがにびっくりしていたが、

「殺されるって、誰が？」

と言った。

「何とまあ」

と、亜由美が言った。「ドラマチックな恋愛ね」

「感心してる場合では……」

と言ったのは、加東なつきだった。


マイクロバスの後から、ベンツでついて来たのである。ついでに（？）神田聡子も一緒だった。

「でも、さすがに魚は新鮮でおいしいわね」

と、聡子はもっと呑気にしている。

「それで、その土方とかいうのは、ここのことを——」

と、亜由美が言った。

「ええ。その人の子分を見かけました」

と、弥生が言った。「きっとアパートも知れてるでしょう」

「お姉ちゃん！」

と、直子が力をこめて言った。「私がお姉ちゃんを守ってあげる！」

「ありがとう、直子」

と、弥生は妹の手を握って、「でも、あんたに会えて、もう思い残すことはないわ。私のせいで、あんたや他の人たちの身に万一のことがあったら……」

「また『どうせ』を始めるつもり?」

と、たか子が苦笑して、「私、あなたの面倒みて、元気にしたんだからね。簡単に殺されちゃかなわないのよ」

「おい、たか子」

と、三好が言った。「ここでミュージカルを上演することと、どう関係があるんだ?」

「ありません」

「おい……」

「でも、人が集まります。大勢のいる所で、弥生さんを殺せないでしょ」

「理屈だわ」

と、亜由美は肯いて、「三好さん、その連中も、この公演に来させましょうよ」

「なるほど。しかし、ミュージカルなんか見るのか、そんな奴が」

「ポスターをバーッとあちこちに貼るんです」

と、亜由美は言った。「そのポスターの出演者の顔が並んでる所に、弥生さんの写真を追加で貼り付けるんです」

「私が出るの?」

と、弥生が目を丸くする。

「ポスターだけですよ」

「でも、いっそ出演したら？」

と、直子が言った。「舞台に出てれば手は出せないでしょ」

「だけど……」

「エキストラで、ただ立ってるだけでいいのよ」

「ボディガードもいるわ」

と、亜由美が言った。「そのドン・ファンも出演する」

「じゃ、みんな出ちゃいましょう！」

と、なつきが楽しげに言った。「私、タップダンス、できます！」

三好が笑って、

「にぎやかな舞台になりそうだ。ミュージカルは盛大にやった方がいい」

「たか子さん、出て下さい！」

と、それまで黙っていた舟木あかりが言った。「私の役、ぜひやって下さい」

「そうね……」

たか子は三好を見て、「大将、どう？」

「分った。あかりもよくやった。たか子を見て、学ぶことは多いだろう」

「はい！」

あかりは夫の方へ、「もっと地道にやっていきたいの」

「分った。お前の好きなようにしろ」

舟木はあかりの肩を抱いた。

「じゃ、早速、セットの組立だ」

と、三好が立ち上って、「舞台の広さは充分だな。ただ床が持つかな」

「飛んだりはねたりするものね」

と、則子が言った。「大丈夫よ。もし床に穴があいたら、板きれを打ちつけりゃいい」

トラックから、舞台のセットが下ろされ、設営が始まった。

「――直子」

と、弥生が言った。「一緒に駆け落ちした人はどうしたの?」

「え? ああ、ひと月で別れた」

と、直子はアッサリと言った。「だって、ちっとも働かないんだもの。私のヒモになって食ってこうと思ってたのよ。図々しい! けとばして、叩き出したわ」


「あんたらしいわ」

と、弥生は笑って、「〈千〉って姓はその人の?」

「ううん。勝手に名のってるの。〈水口〉でもよかったけど、もっと簡単な名前はないかと思ってね。例の男が百田《ももた》って名だったんで、一桁上げて〈千〉にした」

「いい加減ね! でも〈千直子〉って、芸名にはいいんじゃない?」

「でしょ? TVドラマにも出たのよ」

「そうですってね。見てないわ」

「偶然って面白いわね」

――話を聞いていた亜由美が、

「今、町のあちこちにポスターを貼りに行ってる。その土方とかって男の目にとまるといいわね」

「ワン」

と、ドン・ファンが吠えて、表に出て行った。

そのポスターは、いやでも目にとまった。

「何だ、これ？」

と、土方は足を止めて、「こんな町でミュージカル？　盆踊りの方が似合うぞ」

と行きかけたが――。

「待てよ……」

土方はポスターにズラッと並んだ顔写真を眺めていた。

「――坊っちゃん、どうかしましたか？」

黒いスーツに黒いシャツの男が土方に訊いた。

「おい……。これ、いつやるんだ？」

「このポスターだと……。今日ですよ。今夜ってなってます。手書きで直してありますね」

「弥生だ」

と、土方は言った。

「は？」

「この写真！　弥生に違いねえ！　やっぱり俺の勘は当ってた」

「じゃ、そこへ行けば、坊っちゃんの結婚相手がいるってことですね」

「乗り込んで、かっさらって来よう」

と、土方は張り切っている。「みんなに伝えろ。この舞台に集まれと。――おい、分ってるのか？」

土方は黒いスーツの子分の方を向くと、

「何をポカンとしてるんだ、百田？」

「いえ……。このポスターの……でかい顔が……」

「何だ？　ひと目惚れでもしたのか？」

と、土方は笑って、「おい、逆らう奴がいたら、構わねえ。撃ち殺せ」

「あの……いくら何でも人を殺しちゃうまくないのでは……」

「分ってる！　それぐらいの覚悟で殴り込めと言ってるんだ！」

「はあ」

百田は、ポスターに大きく写っている主役スター〈千直子〉から目が離せなかった……。


「もしもし。——殿永さん？」

亜由美はケータイで話していた。

「メール、読んでくれた？」

「ええ。でもどういうことです？　そんな小さな町で、暴力団の抗争が？」

「正確に言うと、ちょっと違うんだけど」

「正確に言って下さい！」

「〈ミュージカル・青春〉の公演が、今夜この町で行われます」

「そんな小さな町で？」

「殿永さん、小さな町を馬鹿にしてますね？」

「いや、別に馬鹿にしているわけでは——」

「その公演を、事情があって、ギャングたちが襲って来ようとしてるんです」

「ギャング？」

「日本のマフィアと言ってもいいですね。殿永さんが何の手も打ってくれなかったら、ミュージカルの出演者だけでなく、私や聡子やドン・ファンも機関銃で射殺されるでしょう」

「わけがよく分りませんが……。私に、どうしろと？」

殿永がため息をつきつつ、言った。

「何も無理なことをお願いしようというわけじゃありません。殿永さんが、完全武装の警官隊を百人くらい引き連れて来てくれればいいだけです」

「百人ですか？」

「それほどでなくても……。でも、一人じゃ来ないで下さい。殿永さんが撃ち殺されるところは見たくないので」

「しかし……。いや、分りました。部下を二、三人連れて行きますよ」

「しっかり武装して来て下さいね。機関銃がなければ散弾銃かバズーカ砲……」

「戦車で来いとは言わないで下さい」

と、殿永は言って、「では夜までにはそちらに……」

「よろしく」

亜由美が通話を切ると、聞いていた加東なつきが、

「先生は、ベテラン刑事を子分扱いしてるんですね」

と言った。

「違うわよ」

と、亜由美は否定した。「向うが私を親分扱いしてるのよ」

「ワン」

ドン・ファンがひと声吠えて、舞台ではセットが手早く組み立てられていた……。

「どうだ！」

と、折田が得意げに言った。「チケット、百枚、売り切ったぞ！」

「本当？」

と、則子が目を丸くして、「たった三時間くらいで？」

「そこは俺の渋い魅力がものを言うのさ」

「そりゃ売れるわよ」

と、たか子が苦笑して、「定価の八割引だもん。タダみたいなものよ」

「それは、大将も了解してるんだ。これは儲《もう》けを出すための公演じゃない、と言って」

「それにしたって……。まあ、もう売っちゃったものは仕方ないわね」

と言ったのは、マネージャーの村上佐知子だった。「赤字抱えるマネージャーの身にもなってよ」

「ともかく、今は夜の公演をちゃんと成功させること」

と、たか子が言って、「セットは大丈夫？」

トンカンと音が小屋の中に響いて、舞台に夜の大都会のシルエットを描いたセットが組まれていく。

もちろん、生のオーケストラなどいないので、音楽はテープ。

その代り、歌はしっかり聞かせる。

舞台袖では、則子や直子が、自分のナンバーを歌ってみている。たか子も、初めて演じる役とはいえ、セリフも歌もちゃんと頭に入っていて、三好と舞台での動きを打ち合せていた。

地方を回ると、その都度会場が違うわけで、舞台の広さも様々だ。出演者の動きも、それに合せて変えなくてはならない。

「おい！　ダンスナンバーをチェックするぞ！」

と、三好の声が響く。

「ワン」


ドン・ファンも、場の雰囲気を感じているのか、興奮している様子で駆け回っている。

「——殿永さん、まだ来ないね」

と、亜由美がむくれている。

「本番まで時間ありますよ」

と、なつきが言った。「先生、出演しないんですか？」

「私は観察するのが仕事なの」

と、亜由美は言って、「あんた、いつタップダンスなんて習ったの？」

なつきが、舞台で軽やかにタップを見せて拍手を浴びていたのだ。

「運動のつもりで。先生はフラメンコとか似合いそうですよ」

「結構よ」

——直子は、姉の弥生と話し込んでいたが、
リハーサルが始まると、早くも汗をかいた。

「——あんたが、あんなに踊れるなんてね」

と、袖に戻ってきた直子に、弥生はタオルを
渡して言った。

「ありがと。——前から好きだったもん」

と、直子は言った。「ちょっと風に当って来る」

直子は、小屋の裏口から表に出た。もう辺り
は暗くなりつつある。

タオルを首にかけて涼んでいると……。

「——直子」

と、声がした。

「え?」

誰が呼んだんだろう? 周囲を見回している
と、

「直子。——俺だ」

戸口の明りが洩れる中に、黒いスーツの男が
進み出て来た。

少しの間、ポカンとしていた直子だったが——。

「あんた! ここで何してるのよ?」

声はオクターブ高くなった。

「久しぶりだな」

それは、かつて直子が「駆け落ち」した相手
の百田だった。

「驚いた! まだこの辺をうろついてたの」

「驚いたのはこっちの方だ。ポスター見て仰天
したぜ」

「その格好……。どういうの？　マフィアの真似？」

「別に真似じゃねえよ。仕事でこういうなりをしてるんだ」

「仕事？　どう見ても、まともな仕事じゃなさそうね」

直子はやっと我に返って、「チケット買って正面から入ってよ」

と言った。

「坊っちゃんについてるんだ」

「坊っちゃん？」

「そういや、お前も水口っていうんだったよな。うちの坊っちゃんが、水口弥生って女に惚れてるんだ。お前の——」

「お姉ちゃんに？　じゃ、お姉ちゃんを殺すって脅してる変なヤクザっていうのが、『坊っちゃん』なの？」

「そういうことだ」

「冗談じゃないわよ！　お姉ちゃんは真面目に生きてるのよ。どこのチンピラか知らないけど、あんたたちとは住む世界が違うの」

「おい、そういう言い方は……」

と、百田はムッとしながらも、「確かに、大物とは言えないけどな、俺は雇われてるんだ。坊っちゃんのために働かないと」

「舞台の邪魔しようっていうの？」

「お前の姉さんをおとなしくこっちへよこせば、何も起らないさ。しかし、いやだと言うのなら……」

と、百田は上着の下から拳銃を取り出す。

「お姉ちゃんを連れて行くって言うのなら、まず私を撃つことね。人を撃って、ただですむと思ってるの？」

「なあ、直子——」

「気安く呼ばないで！」

と、叩きつけるように、「私はミュージカルスターの千直子よ」

「おい……。お前を撃つようなことになってほしくないんだ」

と、百田が言うと、

「——どうかしたの？」

と、亜由美とドン・ファンが出て来た。


「ワン！」

ドン・ファンが百田に向って吠え立てた。

「おい、よせ！」

百田が飛び上って、「犬は苦手なんだ！」

「そうだったわね」

と、直子が笑って、「ドン・ファン、こいつにかみついてやりな」

百田があわてて逃げて行った。

亜由美がふしぎそうに、

「今の人、なあに？　珍しいスタイルだったわね」

「中で話すわ」

と、直子が言った。「みんなにも聞いといてもらわなくちゃ」

「じゃ、あんたの駆け落ち相手が?」

弥生が直子の話を聞いて目を丸くしている。

「殿永さんが来れば大丈夫」

と、亜由美が言った。「刑事相手に、ピストル振り回したりしないでしょ」

「でも、あの土方って、相当変ってるから、とんでもないことやらかしそうよ」

と、弥生が言った。「皆さんに迷惑かけちゃ申し訳ないし」

「心配しないで」

直子は姉の肩を叩いて、「私がついてるわ」

「あんたがお姉ちゃんみたいね」

そこへ三好がやって来た。

「どうしたんだ?」

直子が事情を説明すると、三好は苦笑して、

「ミュージカルがギャング映画になりそうだな」

「大丈夫です!」

と、亜由美が言い切ったところへ、ケータイが鳴った。「殿永さんだ! ——もしもし! 遅いじゃないですか! どこにいるんですか、今? ——え?」

「すみません」

と、殿永が言った。「途中で車が故障しちゃって」

「は?」

「今、代りの車を捜してるところです。少々開演には遅れるかも」

「そんな……。私を愛してないんですか?」

いきなりそう訊く方も無茶だろう。

「いや、そう言われても……」

と、殿永の方もびっくりしている。

「いいわ！　私たちの愛の歴史も、これで終止符を打つことになるのね。愛は儚《はかな》いわ……。さようなら」

と、切ってしまった。

「ちょっと」

と、聞いていた聡子が呆れたように、「いくら何でも大げさじゃない？　新派悲劇じゃないんだから」

「少し大げさに言ってやった方がいいのよ。向うも目が覚めるでしょ」

「眠ってたわけじゃないでしょ」

「でも、ともかく当面は私たちで何とかしなきゃね」

「俺に任せとけ！」

とやって来たのは最長老の折田である。

「折田さん、どうしようっていうの？」

と、たか子が言った。

「この年齢《とし》になりゃ、怖いものなんかない。俺が体を張って止めて見せる」

何といっても年寄りである。

あんまり当てにはならない、とは思ったが、

「よし！　それじゃ我々は舞台に集中しよう！」

と、三好のひと声で、再び全員が動き出したのだった……。

8　オールスター

「どうして、私まで……」

と言いかけた亜由美へ、ドン・ファンが怒ったように、

「ワン！」

と吠えた。

「いい加減、諦めろって言ってるよ」

と、聡子が言った。「ほら、早くメイクしてもらって！」

「何よ、自分は出ないもんだから」

と、亜由美は口を尖《とが》らしたが、

「早く早く」

と、則子に手を引張られて、危うく転びそうになりながら、舞台裏へ連れて行かれた。

「私、メイクなんていらないわよ」

と、強引に座らせられて文句を言ったが、それはむだな抵抗だった。

「——客がどんどん入ってるぞ」

と、三好が興奮の様子で言った。「この分だと百人は超えるな」

「百田たちは？」

と、直子が訊く。

「今のところ、姿を見てないな。チケットは買ったのか？」

「買ってないですよ。何しろ、自分がよほどの大物だと勘違いしてる人ですから」

と、弥生が言った。

「ともかく、開演まで、あと十分だ」

こんな田舎町の小屋でも、開演が近付くと誰もテンションが上って来るのだ。それが役者というものなのか、と亜由美は感心した。

こんな状況の中、呑気なことだ、と自分でも思ったものの――。

「どうですか、こんなもので」

と、則子に言われて、鏡を覗き込む。

「へえ……。こんな風になるんだ」

驚いた。――そう派手なメイクをしたわけでなく、目鼻立ちを少し強調した程度だったのだが、何だかまるで知らない誰かを見ている気分になった。

「うん。――悪くない」

と、素直に認める。

「でしょ？　舞台に出て、踊っちゃいましょうよ」

と、則子がたきつける。

「ダンスなんかできないわよ」

「リズムに合せて、手足を動かしてれば、踊ってるように見えますすよ。大丈夫」

「そんないい加減な……」

しかし、何となく、できるような気になってしまいそうな自分が怖い。

「幕開きに、全員でワーッと出て踊ろう。一気に客の心をつかむんだ!」

と、三好が声をかける。

「あなた、前に出て、タップを踊って」

と、たか子に言われて、なつきは嬉しそうに肯いた。

「いいわね、タップができて」

亜由美はなつきに妬《や》いているとしか思えない自分が情なかった……。

「おい、折田さん、どうだ?」

と、三好が小屋の入口にいる折田へケータイで連絡する。

「今のところ、まだそれらしい連中は見えないね」

と、折田が言った。「もし来ても、チケットを買わなきゃ一人も中へ入れない。任せてくれ!」

パイプ椅子を並べた客席は、何を見に来たのか、よく分っていない人も多そうな町の住人たちで埋っている。

子供も大勢いるので、開演前だからって、静かになんてしていない。

じっと座ってるのも難しいのだろう、小屋の中を駆け回っている。

「——時間だ」

と、三好が言った。「音楽スタート!」

幕開け、と言ったって、幕なんかない。舞台を照明がパッと明るく照らすと、同時ににぎやかなリズムのテーマ曲が弾けるように始まった。

「みんな出ろ！」

三好の合図で、主役からその他大勢まで、一斉に舞台へと飛び出して行った。

こうなったらやけだ！ ——亜由美も走り出して行った。

なつきが玄人はだしのタップを踊って見せて、早速盛んな拍手を浴びた。

そして歌。——直子に加えて、則子とたか子がテーマ曲を歌い上げる。

舞台での発声を身につけるため、全員歌はやらされるので、則子もたか子もしっかり歌えている。

そして中心にいるのは主役の直子。歌声も、回を重ねて、よく伸びるようになっていた。

その後ろで隠れるようにして踊っているのは弥生だった。

いつ土方が乗り込んで来るか分らないと、気が気ではなかった。

しかし、客席は大いに湧いて、手拍子まで起る始末。

そして、物語が始まった。

しかし、ほとんどの客が、〈ミュージカル〉なんか見たこともないだろう、というので、三好はドラマ部分を大幅にカットして、できるだけ歌と踊りでつないで行くようにしたのだ。

おかげで、町の人たちも退屈せずに見ていた。歌のナンバーごとにワーッと拍手が起ったり……。

舞台の袖で、亜由美は、

「私も歌、習っときゃ良かった……」

と呟いていた。

お話はどんどん進み……。

セリフだけのやり取りを、あちこちカットしてしまったので、話の筋がよく分らなくなっていたが、客席はそんなことは気にしていない様子で、要するに、

「誰と誰が仲が良くて、誰と誰がケンカしているのか」が分れば、それで充分だったのである。

そしてたちまちクライマックスの、直子と則子のナイフの決闘に辿《たど》りついた。

ここは音楽はつかなかったので、さすがに客席は静まり返っている。

ナイフで決闘する直子と則子の迫力はいつも以上だった。

そして、飛び込んで来て決闘を止めようとするたか子。

しかし、そのとき——。

舞台にバラバラと男たちが現われた。

「土方さん！」

と、弥生が言った。

「弥生！　捜したぜ」

と、〈坊っちゃん〉こと土方が呼びかける。

「裏口から入って来たのね」

と、弥生が言った。

「おい、弥生、一緒に来い！」

と、土方が弥生へと大股に歩み寄る。

「いやです！　私、あなたと結婚する気はありません！」

と、弥生が大声で言った。

「それなら死んでもらうぞ」

「やれるもんですか！」

客席は戸惑っていた。

何しろ、どんな話か、もともと知らないので、土方たちが舞台に出て来たのもお話の続きなのかと思っているのだ。

「おい、百田！」

と、土方が振り向いて、「拳銃を持ってるな」

「はあ、一応……」

百田は口ごもりながら、「しかし使ったことがないので、弾丸が出るかどうか」

「何だと？　ともかく、弥生の奴を撃ち殺せ！」

「いや、それは……」

と、百田が青くなっている。

「俺の言うことが聞けねえのか！」

「しかし――人を撃ち殺したら殺人罪です。それなら〈坊っちゃん〉が……」

「何だと？　情ねえ奴だ！　俺なんか、もし刑務所に入ったって、後悔しないぜ、恋人を取り戻せたらな」

「殺したら取り戻せませんが」

と、やり合っていると――。

「こら！」

と、小屋の中に響きわたる声は、むろん折田である。

「チケットも買わずには、入らせない！」

と、折田は舞台の方へやって来ると、

「何人いるんだ？　一、二、三人……。七人だな。一人五千円として、三万五千円のチケットを買わない奴は出てってもらおう」

「やかましい！」

と、土方が苛々《いらいら》と言った。

「情ない奴だな。顔役とか言っときながら、一人五千円のチケット代を払わないのか？　金がないのか？　それなら貸してやってもいいぞ」

そう言われて土方はムッとして、

「おい、百田」

「はあ」

「お前、払っとけ」

「え？　そんな……。三万五千円もですか？」

「それぐらい持ってるだろ！」

「いえ……。三千五百円くらいなら……」

「馬鹿！　持ってるだけ出せ！」

「はあ」

百田が拳銃を左手に持ちかえて、上着の内ポケットから財布を取り出す。

すかさず、亜由美が、

「ドン・ファン！」

と声をかける。

ドン・ファンが、短い足からは想像もできない素早さで駆け出すと、百田の左手に飛びついた。

「ワッ！」

犬が苦手な百田はびっくりして拳銃を放り出してしまったのだ。

ドン・ファンが拳銃をくわえて舞台の上を駆けて行く。

「何やってる！」

と、土方が怒鳴った。「このドジが！」

「そんなこと言われても……」

「百田さん」

と、直子が言った。「そんな奴について行く気？」

「そうだな。――坊っちゃん、俺は辞めさせていただきます」

「何だと？」

土方は真赤になって、「誰か拳銃を持ってねえのか！」

すると、若い連中の内の一人が、

「俺、持ってますけど……」

と、おずおずと小型の拳銃を取り出す。

「こっちへよこせ！」

土方がその拳銃を取り上げると、「お前を先に殺してやる！」

と、銃口を百田へ向けた。

「そんな！」

百田が目を丸くする。銃声がして――。

「どうなったの？」

亜由美が唖然としている。

腕を撃たれて、呻きながらうずくまっているのは――土方だったのだ。

「間に合いましたね！」

と、小屋へ入って来たのは殿永だった。「私の射撃の腕も、なかなかのもんでしょう？」

殿永は拳銃を手に、ちょっと得意げに言った。

「いいタイミングね！」

と、亜由美は息をついて、「でも、ずいぶん早く来られたわね」

「おかげさまで。――亜由美さんの部下の、ですね」

「え？　なつきが？」

「どうってことでも」

と、なつきが言った。「ヘリコプターに殿永さんを迎えに行かせたんです。よく着陸できましたね」

「下りられないので、ロープで地上に下りました」

「そんなことより、俺は重傷なんだ！　死ぬ！」

と、土方が泣きながら、「弥生！　助けてくれ！」

弥生はさすがに腹が立ったようで、

「いい加減にして！」

と、大股に土方へ歩み寄ると、拳を固めてその顎に一撃を加えた。土方は引っくり返って気絶した様子。

「早く病院へ連れてけ！」

と、三好が怒鳴ると、子分たちがあわてて土方をかついで行った。

そして――誰もがやっと気が付いた。

客はまだミュージカルが続いていると思っている。

弥生の一撃に拍手が起ったりしたのである。

「みんな！　しっかり〈ミュージカル・青春〉を終らせるんだ！」

「そうだ！」

と、直子は声を上げて、「――どこまでやったっけ？」

結局――その場の空気を考えると、深刻な結末はふさわしくない、と判断した三好によって、〈ミュージカル・青春〉は、めでたしめでたしのハッピーエンドに変更されたのである。

ラストは、開幕と同様、全員でにぎやかに歌い踊るシーンになった。

みんな汗をかき、客は大喜びで拍手してくれた。

ついにはアンコールで、テーマ曲を全員で歌ったのである。

そして、やっと客が帰って行く。

小屋がガランとすると、

「みんなよくやった」

と、三好が言った。「しかし――こんなことは初めてだな」

「でも楽しかったわ」

と、たか子が言った。「お客さんが面白がってくれた。それも、ミュージカルなんて、見たこともなかった人たちが、よ。凄いことだと思わない？」

「しかし、いつもこんな風だったら大変だな」

と、三好が笑って言った。

「おかげさまで」

と、直子が言った。「姉が、とんでもない男の花嫁にならずにすみました」

「ありがとうございました」

と、弥生は何度も頭を下げた。

「お姉ちゃん、うちの劇団に来ない？」

と、直子が言った。「何も役者じゃなくても、色々仕事はあるわ」

「それはいい考えだ」

と、三好が言った。「それに、やってみれば、意外に役者の才能にめざめるかもしれん」

「ワン」

タイミングよくドン・ファンが吠えたので、みんなが大笑いして、その笑い声は木造の小屋の中に暖かく響いた……。

エピローグ

「もうギャングには会いたくない」

と、弥生が言った。

「気持は分るよ」

と、三好がなだめるように、「しかし、これだけスポンサーが付いてるんだ」

「大将！」

と、たか子が声を上げた。「私たちの劇団の志を忘れたんですか？」

「忘れるもんか！」

と、三好は強調して、「ここでうんと稼いでおいて、今後の舞台作りを楽にするんだ。みんな、稽古のとき以外はアルバイトしなきゃいけないって状態にいつも文句言ってたろ？」

「そりゃそうですけど……」

と、たか子は不服げに、「亜由美さん、どう思います？」

「え？　私？　私は劇団員じゃないし……」

と、亜由美はちょっと焦って言った。「なつきはやりたいんでしょ」

タップダンスがすっかりうけて、ミュージカルびいきになってしまったなつきは、

「いいんじゃないですか。アメリカの禁酒法時代を舞台にしたミュージカル！　派手だし、華

やかですよ」

――〈ミュージカル・青春〉が、地方公演も大成功して、方々で追加公演まですることになった。

そして無事に終ったところへ、

「新作ミュージカルをやらないか」

という話が来たのである。

もちろん、三好たちが目指しているのは、ストレートプレイ。

どうしたものか……。

劇団のオフィスで会議を開いていた。

「もしやるのなら、もっと踊りや歌をきちんと練習しないと」

と、たか子は少し間を置いて言った。「元気で勢いがあるっていうだけじゃ、お客はくり返し来てくれないわよ」

「確かにね」

と、則子が言った。「直子ちゃんの人気に頼ってちゃだめよ」

「待って下さい」

と、直子が発言した。「私も、ちゃんとお芝居ができるようになりたい」

「直子、よく言ったわ」

弥生が妹の肩を叩いた。

弥生は劇団のスタッフに加わることになったのである。

「それじゃ、たか子さんと則子さんの主演、直子さんも、もちろん出てもらって、やりましょう」

と、マネージャーの佐知子が言った。

「分ったわ」

と、たか子が言った。「ただし、条件がある。企画したプロダクションは、〈ミュージカル・青春〉の人気がさめない内に、と思ってるでしょう。でも、それじゃいや。少なくとも半年は、全員が歌と踊りのレッスンを受けてから」

「同感だわ」

と、則子が肯いて、「使い捨てされるタレントみたいに扱われるのはごめんだわ」

聞いていて、亜由美は心を打たれた。人気に溺れない。——それは、一旦人気が出てしまった人間にとって、難しいことだ。

「分った」

三好も感銘を受けた様子で、「よく言ってくれた。その条件を必ず相手に呑《の》ませる。向うが拒んだら、話はなかったことにする。いいな?」

「もちろん」

と、たか子が肯いた。「それが終ったら——」

「もちろんストレートプレイに戻る。しばらくはミュージカルと手を切ろう」

「レッスンは続ければいいわ」

と、則子は言った。「歌も踊りも、普通のお芝居に役に立つ」

「マネージャーとしては、せっかくお金になるのに、と思いますけど」

と、佐知子がため息をついて、「でも、やっぱりこの劇団にいて良かったと思います」

「よし！　これから焼肉でも食いに行くか？」

と、三好が席を立った。

「ワン」

「ドン・ファンは遠慮しなさい」

と、亜由美が言うと、ドン・ファンは突然オフィスの戸口へと駆け出した。

「こら！　怒ったの？」

と、亜由美が声をかける。

ドアが開いて、見たことのある男が立っていた。

「あんた、羽田っていったっけ？」

いつか亜由美を脅そうとして、のされた男だ。

「釈放されたの？」

「そうだ！」

羽田が、また拳銃を手にして言った。「今度こそ――」

銃声がして――羽田の手から拳銃が弾き飛ばされていた。

「――直子！」

弥生が拳銃を手にした妹を、目を丸くして見た。「あんた、どうしてそんなもの――」

「いい腕でしょ？」

と、直子はフッと銃口をひと吹きした。

そこへ、

「亜由美さん！」

という声が聞こえた。

「殿永さんだわ！」

亜由美が焦って、「直子さん、それ私に」

「え？　でも——」

「早く！」

亜由美は直子から拳銃を受け取った。

そこへ、息を切らしながら殿永が駆け込んで来た。

「大丈夫ですか！」

と言って——床に倒れている羽田と亜由美を交互に見ると、「射殺したんですか？」

「まさか！」

羽田は、びっくりして気絶していたのである。

「そういうことですか。良かった！」

「どうして羽田がこんな所に？」

「手違いで、逃がしちまったんですよ。申し訳ない」

「謝りゃすむってもんじゃないですよ」

と、亜由美は強気に出たが、拳銃を持っていること自体、まずいわけで、テーブルの上に置くと、

「羽田が入って来ると、この拳銃が勝手に発射しちゃったんです」

と言った。「ふしぎなこともあるもんね」

「亜由美さん、いくら何でも——」

と、殿永が言いかけると、ドン・ファンがヒョイとテーブルの上に飛び乗って、置かれた拳銃をペロペロなめ始めたのである。

「ドン・ファン、そんな物がおいしいの？」

「違いますよ」

と、なつきが笑って言った。「ドン・ファンは拳銃の指紋を消してるんだと思います」

「あ、そうか。ドン・ファン、偉い！」

「やれやれ」

殿永は、ドン・ファンがなめ回してベトベトになった拳銃をつまみ上げて、「これじゃ、誰が撃ったか分らない……」

「大体、その羽田って男に私を脅せと依頼したのは誰なんですか？」

と、亜由美は言った。

「よく分らないんですがね」

と、殿永が言った。「亜由美さんの係《かかわ》った事件で、亜由美さんにこっぴどくやっつけられた誰かでしょう」


「そんないい加減な……」

すると、部屋の隅で居眠りしているようだった折田が、騒ぎで目を覚まして、

「それはもしかすると俺のせいかもしれんな」

と言い出したのだ。

「折田さん、何の話？」

と、たか子が言った。

「いや、舞台で片方の拳銃から弾丸が出ただろ？　小道具の若いのが、家の引出しの奥にあったのを面白がって持ち歩いてて、間違えてたか子ちゃんに渡してしまったんだよ。もちろん、俺は一発殴ってやった。そして、『塚川さんって名探偵が調査してるんだ』と言ったんだけど……。そいつ、さっさとやめちまった。それで、

塚川さんのせいでクビになったかと思って……」

「そんなことで殺されたくない！」

と、亜由美は宣言（？）した。

「そっちを調べましょう。——おい、起きろ」

殿永は羽田を引張り上げて立たせると、「この、ドン・ファンがなめた銃はどなたのですか？」

誰もが互いに顔を見合せたが、何も言わない。

「殿永さん」

と、亜由美は言った。「たまには、道で拳銃を拾うってことも……」

そう言いながら、亜由美は我ながら無茶だな、と思っていた。

殿永はちょっと肩をすくめると、

「今度拾ったら届けて下さいよ」

と言った。「勝手に発射すると危いですからね」

逢うときはいつも花嫁

プロローグ

どこかぼんやりした印象だった。

亜由美《あゆみ》としては、別にそれがどういう人でも構わなかったのだが。

しかし、普通誰かと待ち合せているのなら、店に入って来る客へ、つい目を向けるものだろう。

だが、その男性は亜由美がちょうど約束の時間にカフェ〈K〉に入って行っても、一向に見ようとしなかったのである。


あの人じゃないのかな？

でも、他にそれらしい客は見当らない……。

亜由美はその席に近付いて、ちょっと咳払《せきばら》いすると、

「失礼ですが……」

と、声をかけた。

「――はあ」

反応は至って鈍かった。やはり人違いだろうか？

「もしかして――岩倉《いわくら》さん、ですか？」

四十前後かと見える、地味な背広姿のその男性は、

「ええ、そうです」

と肯《うなず》いたが――「何の用だろう？」と言いた

げだった。

「私、塚川《つかがわ》亜由美です。昨日お電話で……」

そこまで聞いて、男は初めて思い当ったとい
う様子で、

「ああ、どうも」

と、腰を浮かした。「岩倉悟士《さとし》です。わざわ
ざ……」

「いいえ、どうせ出かけて来る用事があったの
で」

亜由美は、向い合った席にかけると、やって
来たウエイトレスに、

「コーヒーを」

と、オーダーしておいて、「じゃ、早速……」

肩からさげていた大きめのバッグを膝に置き、
中から布にくるんだ物を取り出した。

「これ……。ご覧になって下さい」

と、テーブルに置く。

「どうも。それでは……」

岩倉という男は、布を開いて行ったが――。

「これは……」

と、大きく目を見開いて、「確かに私の捜し
ていた手帳です！」

手に取って、その革張りの手帳をめくってみ
る。

「――間違いない！　いや、本当にありがとう
ございました！」

急に活《い》き活《い》きして来る。

「良かったわ、持主が見付かって」

と、亜由美は言った。「気になってたんです。ずいぶん長く使われていた様子でしたから」

「ええ、この手帳を失《な》くして、どうしようかと思ってたんですよ」

岩倉という男は、ついさっきまでとは別人のように明るい表情になって、「何とお礼を言っていいか……」

「いえ、そんな――」

「あの――わずかでもお礼の気持を」

と、岩倉は言うと、上着の内ポケットから札入れを取り出して、「ちゃんと用意しておけば良かったんですが」

「とんでもない。どうぞお気づかいなく」

亜由美はコーヒーが来ると、ブラックで飲みながら、

「でも――その手帳の書き込みの字は、女の方の手のようですね」

と言った。

「え？　ああ……。実はそうなんです」

と、岩倉は肯いて、「これを持っていたのは……」

「馬渕《まぶち》しおりさんという方ですか」

岩倉はびっくりした様子で亜由美を見ると、

「どうしてそれを？」

「その手帳は、殺された馬渕しおりさんの死体のそばで見付かったんです」

「それは……」

奥のテーブルから立ち上った二人の男が亜由

美たちの方へやって来ると、

「岩倉さん。警察の者です」

と、声をかけた。「お話を伺いたいので、ご同行下さい」

「待って下さい。──しおりさんが死んだと？」

「お話は署で伺います」

岩倉は、半ば呆然《ぼうぜん》として、腕を取られて立ち上った。

そして──突然岩倉は刑事の手を振り切ると、店の戸口へと駆け出した。

「待て！」

刑事が怒鳴る。

岩倉は店から飛び出したが──。

店の表で、

「やめろ！」

「暴れるな！」

という声がした。

亜由美がコーヒーを飲んでいると、じきに表も静かになった。

「あの……」

と、ウエイトレスが目を丸くしている。

「お騒がせして」

と、亜由美が言うと、店の戸を開けて、入って来たのは──。

「殿永《とのなが》さん、大丈夫だった？」

「取り押えるのは簡単でしたよ」

殿永部長刑事はそう言って、「僕もコーヒーを」

「はあ……」

「――手帳は？」

「岩倉がしっかり握ってましたよ」

「でも――何だか妙でしたね」

と、亜由美は言った。

「というと？」

「もし殺人犯なら、あんな風にぼんやりしてないと思うんです。特に被害者の手帳を捜してたのなら、もっと用心深いんじゃないですか」

「確かに」

と、殿永は肯いて、「私どもも、岩倉悟士を犯人と決めつけているわけではありません。ちゃんと調べますよ。先入観なしに」

「信じてます、殿永さんのことは」


「ともかくご協力いただいて感謝してますよ。いつものこと、と言われるかもしれませんがね」

「感謝状はいりませんから、その辺でラーメンでも食べません？」

と、亜由美は言った……。

1　夜の遊び

「困ったわ、本当に」

と、和田加代子《わだかよこ》はため息をついた。

「どうしたんですか?」

塚川亜由美は大学の学食でランチを食べながら訊《き》いた。

隣に座っている和田加代子は、この大学の准教授で、亜由美も習っている、優秀な英文学者だ。

「家庭の問題でね」

と、加代子は言った。「でも、亜由美さんには、娘がお世話になったものね」

「あれ、役に立ったんですか?」

いささか気がひけていた。——加代子の娘、恭子《きょうこ》は今確か十六歳。高校受験の前に、亜由美は頼まれて恭子の家庭教師をつとめた。

ひいき目に言っても、「優等生」とは言いかねる亜由美だったが、恭子とはうまが合い、受験を前に暗い日々を送っていた恭子が、見違えるように明るくなった。

それで無事合格したのだから、確かに亜由美のおかげだったのかもしれない。

「恭子ちゃんに、何か?」

と、亜由美は訊いた。「ボーイフレンドでもできましたか」

「そんなこと、心配してないわ」

と、加代子は言った。

加代子の夫、つまり恭子の父親は、恭子が小学六年生の十二歳のとき、行方不明になってしまった。

ある日、フラッと家を出て——帰らなかったのである。

もちろん捜索願を出したし、あらゆる知り合いに連絡してみたが、全く消息は知れなかった。

それから四年。——経済的には、加代子が必死で働いて、支えて来た。自分と娘の恭子、そして行方不明になった夫の母親と、女三人の生活。

加代子が学者として評価が高く、しばしば講演を依頼されて、それは経済的な救いになっていた。

「困ってるのは夜遊びなの」

と、加代子は言った。「このところ、帰りの遅い日が多くて……」

「心配ですね、それは」

意外だった。恭子はあまりそういうタイプではないのだが。

「学校で、そういうお友達ができたんでしょうね」

と、亜由美が言うと、加代子は、

「あ、いえ……。そうじゃない。恭子じゃないの」

「え？」

「夜遊びしてるのは、主人の母親なの」

亜由美はびっくりして、

「ご主人のお母さん？　それじゃ……」

「今、六十八歳。でもね、若いホストに熱を上げてね、毎晩のように通いつめてる」

「へえ……」

さすがに亜由美もどう言っていいものか分らなかった。

「意見するっていっても、何しろ義理の母ですものね。正面切って叱りつけるわけにもいかないし」

と、加代子は首を振った。

「でも——ホストクラブなんか、とってもお金がかかるんじゃありませんか？」

「たぶんね。でも、義母は亡くなったご主人から結構な遺産が入ったらしくて、『自分のお金で何をしようと勝手でしょ』と言ってるの」

「でも、先生のご主人が行方不明になったとき、大変だったんでしょう？　お義母様《かあ》はお金を出してくれなかったんですか？」

「ええ、全く。自分のお金は全部自分で使うというのが、義母の主義でね」

「何だか……」

「私も正直、そんな義母に怒ってたわ。でも、それはそれで、筋が通ってるというか……」

「いくら遺産があったか知りませんけど、ホストに注《つ》ぎ込んだりしたら、たちまち失くなっちゃいますよ」

「私もそう思うんだけど……」

加代子は少しためらいがちに、「ね、亜由美ちゃん、あなたはこの大学の名探偵ってことになってるけど、その義母の入れ込んでるホストっていうのを、調べてみてもらえない？」

そういう話になったか！

しかし、加代子は亜由美にとって、ただの先生ではない。

頼られて断るというわけにはいかなかった。もちろん、具体的な見通しはまるで立っていなかったのであるが……。

和田ふみ代《よ》。——それが、加代子の義母の名前だった。

亜由美は、もちろん会ったこともなかったが、加代子のマンションから出て来るのを見て、すぐにそれと分った。

加代子がケータイにあった写真を見せてくれていたのである。

確かに、六十八歳にはとても見えない。髪を黒く染めているせいもあるだろうが、どう見ても六十前。

そして、パリッとした高級ブランドのスーツを着こなしている。

マンションを出て、左右を見ている。タクシーでも待っているのかと思った。

亜由美は、至って地味な外車に乗っていた。

ハンドルを握っているのは、亜由美の「自称助手」の加東《かとう》なつき。もちろんこれもなつきの持っている高級車の一台である。

「六十八でも色っぽいですね」

と、なつきが言った。

「そうね。なかなか美人だわ」

「ホストになんかお金使わなくても、付合う相手はいそうですけどね」

「若い子がいいんでしょ」

「亜由美さんもですか？」

「私は自分が若いの！」

「失礼しました。そういう意味じゃ……」

と言いかけて、「車ですよ」

マンションの前に車が寄せた。しかし、タクシーではない。黒塗りの高級車。

亜由美はスマホで素早く車のナンバーを撮った。

「どこの車でしょう？　何だか立派過ぎません？」

「つけてみましょ」

「はい」

少し間を空けて、なつきは車を出した。

都心へ入ると、尾行は難しくなったが、何とか見失わずに二十分ほど走って、和田ふみ代の乗った車は、ちょっとごみごみした盛り場へと入って行き、フッと見えなくなった。

「――どこに行ったのかしら？」

「どこかのビルの駐車場に入ったんでしょう。

でも、どこだかよく分りませんね」

「待って。そこがホストクラブね」

秋も終り近く。暗くなるのは早いので、すでに辺りは立ち並ぶバーやクラブのネオンサインで明るくなり始めている。

そのホストクラブは、入口はそう大きくないが、太い柱が印象的な造りだった。

「あそこに入ったんでしょうか」

と、なつきが言った。

「調査に入る?」

「私たちがですか?」

と、なつきは目を丸くしたが、「面白いですね!」

無鉄砲なところは「先生」譲りかもしれなかった。

もちろん、若くたって客は客だ。——なつきが見るからに「お金持の令嬢」風の服装(実際そうなのだから)をしていたせいもあり、二人は奥の席へと案内された。

「これは珍しいな」

スラリとした美形のホストがすぐにやって来て、「どうして僕らの所へ?」

「いけない?」

と、亜由美は言った。「どんな二枚目がいるのかと思ってね。この子が——」

と、なつきの方へ目をやって、

「どうしても行ってみたいって言うもんだから」

「大歓迎ですよ」

と、そのホストは言った。「僕はリフ。一応この店じゃ古顔ですよ」

とりあえずカクテルを取って、亜由美は店内を見回した。

しかし、客席にふみ代の姿は見当らない。

違う店だったたか？

しかし、そのとき、

「ジョニー」

と呼ぶ声がして、そっちへ目をやると、ふみ代がホストの一人を手招きしている。

呼ばれたホストが急いで駆けつけると、

「何ですか、マダム」

と言った。

マダム？　――ふみ代は、客席にいるのではなく、店の奥に立っていた。

「ちょっと来て」

と、ふみ代は、ジョニーというホストを促すと、店の奥のドアから姿を消した。

「なかなか貫禄《かんろく》のあるマダムね」

と、亜由美は言った。「このお店じゃ、偉い人なの？」

「マダムですか？　ここの支配人ですよ」

と、リフというホストが言った。

支配人？　加代子の心配は大分外れているようだ。

「大学生ですか？」

と、リフが訊く。

「でも、お酒は飲めるから大丈夫」

と、亜由美は言った。「まだこれからお客が来るのね」

「そうですね。でも、家族のある奥様たちは、夕食の仕度とかで早く引き上げるので、昼間に来られる方も」

「なるほどね」

「もう少しすると、いい子たちが揃《そろ》いますから、寛いでいて下さい」

「ありがとう」

亜由美は、リフが立って行くと、なつきと顔を見合せた。

「大分話が違いますね」

と、なつきは言った。

「驚いたわね。加代子先生が知ったら腰を抜かしそう」

「でも、このお店を任されてるとしても、経営してるのは別人ですよ。このお店の背景を探ってみます」

「心当りが？」

「こういう世界に詳しい知り合いとかがいますから」

リフが、もっと若い、頭を金髪に染めたホストを連れて来ると、なつきが、

「よろしくね」

と言って、名刺のようなカードをリフに渡した。

それを持って一旦戻って行ったリフは、すぐにまたやって来た。タキシードの中年男が一緒

だ。

「これはよくいらっしゃいました」

と、男は丁重に挨拶して、「お望みのことがありましたら、何でもお申しつけ下さい」

こんな所でも、なつきは存在感を見せている。とんでもない「助手」がいるもんだわ、と亜由美は内心思った。

「ね、この辺のホストクラブでは、客からお金をむしり取るといって、評判が良くないみたい」

「ここではそんなこと、ありませんよ」

と、タキシードの男が急いで打ち消した。

「私の知ってる人の奥さんがね、この辺の店で一時間過して二十万円取られたって。そういうことって、上の指示があるの？」

「それは、よほど悪質な店ですね。私どもでは決して――」

「そう？　でも、このお店は〈Q〉っていうんでしょ？　その奥さんも確か〈Q〉で、そういう目にあったと……」

「それはきっと記憶違いでしょう。ここはしっかりしたお店で……」

「ちょっと待って」

と、なつきが遮って、「お客の記憶違い？　この店じゃ、お客をわけの分らなくなった老人扱いするのね」

「とんでもない！　ただ……その……」

と、しどろもどろになる男に、

「どうかしたの？」

と、声をかけて来たのは、店の奥から出て来たふみ代だった。

「いえ、あの――」

「店の者が何か失礼をいたしましたか」

と、ふみ代が丁重な口調で言った。

「別に。ただこの店が明朗会計なのかどうか、社に戻って報告しなきゃいけないのでね」

なつきの堂々とした様子に、亜由美は舌を巻いていたが――。

そのとき、店に入って来た二人の男がいた。

店内を見回している様子に、亜由美は、どこか危険なものを感じた。

これまで何度も物騒な状況を経験して来た亜由美ならではの直感だったろう。

二人の男は、なつきと話しているふみ代に目をとめると、店の中をやって来た。

「お客様――」

と、ホストの一人が呼び止めると、

「引っ込んでろ！」

と一人が言って、上着の下へ手を入れた。

「危い！」

亜由美がふみ代の腕をつかんで引張る。ふみ代の体が亜由美たちのテーブルとソファの間に倒れ込んだ。

同時に、男たちが拳銃を抜いていた。

「伏せて！」

と、亜由美はなつきに向って叫んだ。

拳銃が発射されて、テーブルの上のグラスが砕ける。タキシードの男はあわてて逃げ出した。

亜由美はソファに置いていたバッグをつかんで、男たちへと投げつけた。これがみごとに一人の男の顔面を直撃、男の拳銃は向きを変えて、店の天井から下ったシャンデリアを撃ち砕いた。

「先生！」

と、なつきもソファに伏せながら、「危いですよ！」

「分ってるわよ！　靴、投げて！」

「え？」

「靴よ！　他に投げる物、ないでしょ」

「あ——はい！」

二人ははいていた靴を脱ぐと、男たちへ投げつけた。なつきの片方が、一人の男の額に命中。

「いてっ！」

と、男がよろける。

「何してる！」

店の奥から、スタッフが駆け出して来る。

「引き上げるぞ！」

と、男の一人が怒鳴って、二人は店の出口へと駆けて行ってしまった。

「——びっくりした！」

と、なつきが息をつく。「——大丈夫ですか？」

テーブルの下にうつ伏せになっていたふみ代を助けて起こした。

「どうも……こんなことが……」

と、立ち上ったふみ代が息をつく。「お客様、ありがとうございました」

「いいえ。でも、まるでギャング映画ね」

と、亜由美は言った。「あんなことで狙われる覚えがあるんですか？」

「とんでもない――」

と、ふみ代は首を振って言った。

「先生、弾丸が――」

と、なつきが言った。

店の中で、膝をついているのはリフだった。

「リフ！　どうしたの！」

男たちの撃った弾丸が当ったのだ。

リフが脇腹を押えて床に倒れ込んだ。

――まさか、こんな展開になるなんて！

亜由美は、

「早く救急車を呼んで！」

と怒鳴っていた。

「亜由美さん！」

〈Q〉の店の中へ入って来たのは、和田加代子だった。

「先生！　足下に気を付けて下さい！」

と、亜由美は声を上げた。「シャンデリアの破片が散らばってますから」

「ああ、ありがとう」

知らせを聞いて駆けつけて来た加代子は、義母、和田ふみ代のことを亜由美から聞かされて、呆然とするばかり。

「――義母がここの支配人？」

「そのようです」

「信じられない！」

と、加代子は座席に腰を下ろした。

そこへ、亜由美に呼ばれた殿永部長刑事がやって来た。

「また派手ですね」

と、店の中を見回して、「亜由美さんはこういう所で遊ぶようになったんですか？」

「違います！」

と、亜由美は強調した。

「それで、支配人は？」

和田ふみ代は、まだショックから立ち直れない様子で、

「どうしましょう？　どうしてこんなことに……」

そして、

「お義母様！」

という声に、

「どうしたの、加代子さん？」

と、ふみ代は加代子を見て目を見開いた。

「どうした、じゃありませんよ」

と、加代子は言った。「一体、いつからここの支配人をやってるんですか？」

「ちょっと頼まれちゃったのよ」

と、ふみ代は言った。

「誰に頼まれたんですか？」

「よく知らない人なの」

「そんないい加減な……」

ともかく、店は一旦閉めて、シャンデリアを

片付けたりしている。

「リフは大丈夫かしら」

と、ふみ代は言った。

弾丸を脇腹に受けたリフは救急車で運ばれていた。

「ともかく」

と、殿永が言った。「初めからお話を伺わなくてはなりませんね」

「はあ……」

ふみ代は首を振って、「今夜は休業しないといけません? 常連のお客様がいらっしゃると思うんですが……」

「お義母様! それどころじゃないでしょう」

と、加代子は絶望的な声を上げた。

「亜由美さん」

と、殿永が亜由美を少し離れた所へ促して、

「こちらからも、ちょうど連絡しようとしてたんです」

「何かあったんですか?」

「例の、ご協力いただいて逮捕した岩倉のことです」

と、殿永は言った。「ちょっと意外なことになりまして……」

2　帰宅

その大きなパネルは、怪しいような微笑を浮かべる女性のポートレートだった。

「――まさか、こんなことになるなんてね」

そのパネルを眺めて、ため息をついたのは、地味なスーツの女性で、「しおりさん……。どうしてこんな……」

と、くり返し呟《つぶや》いていた。

そのポートレートは、馬渕しおりのものだった。世間でも、おそらく知らない人はいないと言っていい女優だったのだ。

ただ、TVのバラエティやCMに顔を出すことはなく、「女優」に徹していたから、映画や舞台をあまり見ないという人には、「地味な役者」というイメージだったかもしれない。

アイドルといった年齢ではなかった。

公には年齢を言っていなかったが、落ちついた外見の通り、三十四歳。デビューは二十五歳で出演した映画だった。

きちんと基礎のできた演技力は、監督やプロデューサーの信頼も大きく、デビューから三年後には主演をつとめるまでになっていた。

今、しおりのポートレートを前にため息をついているのは、岩田信子《いわたのぶこ》。馬渕しおりのマネージャーで、付き人でもあった。

しおりと一歳違いの三十三歳で、そのデビューからずっと一緒だった。

売れ始めて、TVやCMの仕事をどんどん入れようとする事務所の社長を相手に、しおりの代りに抵抗した。しおりも、信子のそんな行動をよく知っていて、感謝してくれていたのだ。

二人の信頼関係は強く、事務所側でも、しおりの思い通りにさせることで、ここまでの成功があったと納得。ここ何年かは、しおりに何一つ無理は言わなくなっていた。

これから、正に「女盛り」とでも言うべき輝きを見せて、「しおりの時代」が来る――はずだった。

ところが……。

今、岩田信子が立っているのは、しおりのマンションである。

独身で、子供もペットもいないしおりは、この広いマンションに一人で住んでいた。

ここの鍵を持っているのは、当人以外では信子だけ。

しおりと信子は、互いに信頼し合っていたが、プライベートははっきりと分けていたから、しおりのこのマンションを男が訪れることがあったかどうかは分らない。

その他に、しおりがどういう人々と付合っていたかも、信子はよく知らない。

しかし――ある日、仕事で迎えに来た信子は、時間になってもロビーに下りて来ないしおりのことを心配して部屋へ入った。

そこには――部屋着姿のしおりが倒れていた。銃で撃たれ、顔もかなりひどい状態だった。数発の銃弾が、顔と胸に撃ち込まれていたのだ……。

「どうして？」

と、信子はポートレートのしおりに問いかけた。「そんなに危い相手と付合ってたの？　私に、せめてひと言、言ってくれたら良かったのに……」

涙は出尽くした。ワイドショーの報道も一段落していた。

岩倉という男が重要参考人として連行されていたが、しおりを殺害したという直接の証拠はなく、担当してくれている殿永という刑事も、

「おそらく犯人は別にいると思われます」

と言っていた。

ただ、しおりの死体のそばに落ちていた手帳に岩倉の名のメモが挟まっていたのだ。

しかし、何より動機が……。しおりを一体誰がそれほど恨んでいたのだろう？

「しおりさん……。マネージャーの私が何も知らなかった。――ごめんなさいね」

と、ポートレートに呼びかけるように言って、また涙を拭ったのだったが……。

「何を謝ってるの？」

という声が背後で聞こえた。

「え?」

この声。——どこかで聞いたような。

振り向いた信子は、そこに立っている——間違いなく、馬渕しおりその人を見て、驚いた。

驚いて、驚きのあまり——気絶してしまったのである……。


「信子さん！　しっかりしてよ！」

濡《ぬ》らしたタオルを顔に当てられ、信子は気が付いた。そして目をパチクリさせると、

「——しおりさん！」

と、かすれた声で叫んだ。「しおりさんなの？　本当に？」

と、しおりの腕をギュッとつかむ。

「ちょっと、痛いじゃないの」

と、しおりが苦笑して、「どうしたっていうの？　まるで幽霊でも見たような顔して」

「そうよ！　生きてるのね！　——ああ、びっくりした！」

「そんなに驚かせちゃった？　ごめんね。でも、こうやって生きてるから」

と、しおりは一向に事情を分っていない様子。

「どこにいたの？　今まで一体——」

「何言ってるの。ちゃんと手紙を置いて行ったでしょ」

「手紙？」

「そう。そこのテーブルの上に」

「そんな物、なかったわよ。その代り、ここに

死体が」

「死体？　誰の？」

「あなたの」

すれ違う話は、なおしばらく続いたが、そこは省略して……。

「――では、あなたは一人で旅に出られていたと」

と、殿永が言った。

「ええ、そうです。ＴＶも何も見ていなかったので、何も知らず……」

と、しおりは言った。

「では、まず岩倉悟士さんを釈放しなければなりませんね」

「岩倉さんが……」

「容疑者になってるのよ」


「まあ！」

しおりは仰天した様子で、「可哀《かわい》そうに！　あの――刑事さん、岩倉さんは私の古い友人で――」

「分っています。早速釈放するよう手配しますよ」

と、殿永はその場でケータイを取り出し、部下に岩倉を釈放するよう指示した。

「ここへ来るように言って下さい！」

と、しおりが言った。

――しおりのマンションにやって来たのは殿永と亜由美だった。

あのホストクラブでの銃撃事件の現場からやって来たのである。

「ともかく、コーヒーでも」

広々としたリビングで、信子がみんなにコーヒーを入れてくれた。

「じき、岩倉さんもやって来ます」

と、殿永は言った。

コーヒーカップを手に、

「ご生還を祝って」

と、亜由美が言った。「でも、亡くなったのはどなただったのか……」

「そうですよね！」

と、しおりはやっと気が付いたようで、「信子さんもそれが私だと思ったんでしょ？」

「ええ。だって、あなたのガウンを着て、あなたのスリッパをはいて……」

「顔が銃弾でやられて、かなりひどい状態でしたから、分らなくても無理はない」

と、殿永は言った。「ちゃんとDNA鑑定などするべきでした」

「すみません。私が気が付かなくては……」

と、信子がしょげている。

「信子さんのせいじゃないわ」

と、しおりは言った。「私が突然わがままを言って旅に出てしまったからよ」

「その手紙がどこかへ行ってしまったというのが、妙ですね」

と、亜由美は言った。

すると、突然、しおりが、

「カレン！」

と叫んだ。

「どうしたの、しおりさん？」

「それ、きっとカレンだわ！　——馬渕カレンといって……私の従妹《いとこ》なの」

「従妹がいるって聞いたことはあるけど……」

「今、確か二十七、八よ。私、彼女が上京して来るって言ってたので、スペアキーを渡したわ」

そう言って、今度は、「——どうしよう！　私の代りに殺されてしまったんだわ！」

と、泣き出してしまう。

「ともかく落ちついて下さい」

と、殿永はなだめて、「そのカレンさんのことを教えて下さい」

「ええ……。叔父の娘で、九州に住んでいます。ああ！　何て謝ればいいのか！」

ともかくやっと訊き出した〈馬渕カレン〉の情報を早速当ってみることになった。

しかし、しおりは涙を拭って、

「いいえ！　私が知らせなきゃ。私の責任ですもの」

と主張して、叔父の家に電話することになった。

そして——。

「もしもし？　叔父さん？　しおりです」

と言うと、向こうがびっくりして、

「しおりちゃん？　生きとったのか！」

「ええ、そうなの。ごめんなさい！　カレンちゃんがとんでもないことに……」

と、泣いてしまう。

向うはしばらく沈黙していたが、やがて、

「しおりちゃん！」

と、若い女の声が飛び出して来た。

「――え？　カレン？」

「そうよ。しおりちゃんが死んだってTVや新聞で――。もしもし？」

しおりがカーペットにドサッと尻もちをつき、ケータイが手から落っこちたのだった。

「僕も悪かったんだ」

と、岩倉悟士が言った。「しおりさんが死んだと聞いて、まだ半分呆然としてたときだったし……」

「逃げ出したのは――」

「まさか自分が疑われてるなんて思いませんでしたからね」

と、殿永に答えて、「てっきり偽の刑事だと思って。しおりさんが何かの陰謀に巻き込まれているのかと……」

「人騒がせだったわ……。ごめんなさい」

しおりはすっかりしょげている。

「いや、しおりさんが生きててくれたなんて、こんな嬉《うれ》しいことはないよ」

岩倉は心からそう思っているようだった。聞いていた亜由美は、

「しおりさん、もしかして一人で旅に出られたのは、岩倉さんと関係があったんじゃないです

か?」

と言った。

しおりは少しためらっていたが、

「——実はそうなんです」

と肯いて、「あの少し前に、岩倉さんからプロポーズされていたんです。私、迷って、一人で考えたくて旅に出ることに……」

「そのことを手紙には?」

「具体的には書いていません。ただ、『一人になって、じっくりと向き合いたいことができたので』とだけ……。詳しくは書けませんでした」

「それはそうですよね」

岩倉が、ちょっと咳払いすると、

「しおりさん——。こんなときに、無理を言うようですが……」

「お答えですね、プロポーズへの」

「ええ。もし伺えるのなら——」

と言いかけた岩倉は、しおりがうつむいたままなのを見て、言葉を切った。

「ここは事件のことを一旦忘れましょう」

と言ったのは亜由美だった。「プロポーズの返事をどうするか……」

「ありがとう」

と、しおりが顔を上げて、「でも、やはりそういうわけにはいかないわ。カレンが無事だったのは嬉しいけど、そうなると殺されたのが誰なのか分らないし……。岩倉さん、ごめんなさい。今は自分のことだけ考えていられない。

散々世間を騒がせてしまったし、この状況が落ちつくのに時間がかかると思うの。それからどう答えるか考えたい。分って下さいね」

岩倉は、ちょっと無理をした笑顔で、

「いや、少なくとも断られていないと分れば、充分だよ」

と言った。

「そうなると――」

と、殿永が言った。「死体の身許《みもと》を何とか特定しないといけませんね」

「でも、カレンさんという方は、しおりさんのスペアキーを持ってるんでしょう?」

と、亜由美が言った。

「ええ、そう言ってました」

「じゃ、どうやってこのマンションに入ったんでしょうね?」

「私はちゃんと自分の鍵は管理しています!」

と、信子は強調した。

「分ってるわよ、信子さん」

「でも……他にいないんですよね、鍵を持ってる人は」

と、信子は考え込んで、「私がどこかで鍵をコピーされたとか……」

「亡くなった人の身許ですよ」

と、殿永が言った。「それが誰か分れば、自然、スペアキーの問題も……」

「それに、しおりさんを恨んでる人がいたはずですね」

「それはショックです」

と、しおりが眉をひそめて、「もちろん、私を嫌ってる人だっているでしょう。でも、殺されるほど……」

ドン・ファンが、しおりを元気づけようとするかのように、その足元に行って、ペタッと座った。

「ありがとう。慰めてくれるのね」

と、しおりがドン・ファンの体を撫《な》でる。

「――そうですよね」

と、亜由美は言った。「殺された女性は、しおりさんのものを着ていた。普通、ただ忍び込んだだけなら、服まで着ませんよね。殺されたのは、誰かしおりさんのことを崇拝している人だったんじゃないですか」

「しおりさんのファンってこと……。そういうファンは大勢いるでしょうけど、鍵を手に入れられる人は……」

と、信子が首をひねる。

「捜索願が出ている中にいないか、調べてみますよ」

と、殿永は言った。

「でも、大変だわ」

と、信子が言った。「しおりさんが生きてるって、みんなに納得させるのが」

「ワン」

と、ドン・ファンが同意するように、ひと声吠《ほ》えた。

3　乱入

「ご心配をおかけしました」

　と、馬渕しおりが言うと、TVカメラが一斉に回り、カメラのシャッター音が雨のように降り注いだ。

　記者会見の席は、マスコミで溢《あふ》れんばかりだった。

　しおりがひと言発しただけで、会場からは、

「どこに行ってたんですか！」

「世間を騒がせて申し訳ないという気持は？」

「大勢のファンがショックを受けていたんですよ！　ファンへの謝罪は」

「話題作りのための狂言だという説もありますが、どう思いますか？」

　次々に質問が飛ぶ。

　記者会見を仕切っているのは、誰だかよく分らない男だった。

「――妙です」

　と言ったのは、しおりのマネージャー、岩田信子。「会見直前になって、突然現れたんです、あの人」

　聞いていたのは亜由美と、加東なつき。

　そしてドン・ファンが、あまりに多くの人の足で踏み殺されそうで怯《おび》えたのか、亜由美の脚

にまとわりついている。

　信子や亜由美は、会見を見ているしかないので、会場の隅の方に立っていた。

「ええ……。私は赤羽《あかばね》と申します」

　と、その男は、しおりの隣の席にかけて、マイクを持つと、「馬渕しおりの所属プロの副社長をつとめております。本日はお日柄もよく……。いや違った」

「何言ってんだろ！」

　と、信子が怒っている。

「質問に答えて下さい！」

「事務所として謝罪は？」

「我々マスコミを騙《だま》していたことになりますよね！　それをどう思いますか？」

　司会のはずの赤羽というパッとしない中年男は、飛んでくる質問に、

「いや、それはその……」

　とか、「ごもっともとは思いますが……」

　などとブツブツ言っているばかり。

「苛々《いらいら》する！」

　と、亜由美が言った。「しっかりしろ！」

　すると、足下にいたドン・ファンが、タタッと駆け出したので、亜由美はびっくりして、

「ドン・ファン！　どこへ行くのよ！」

　ドン・ファンは会見しているしおりの前の机に飛び乗ると、記者たちに向って、

「ワン！」

　と、いつになく力強く吠えたのである。

記者たちが呆気《あっけ》に取られて、沈黙した。

「飼主として、責任を果します！」

亜由美はドン・ファンを追うように、会見のテーブルの前へ堂々と進み出た。

そしてテーブルのマイクをつかむと、

「お静かに！」

と、大声を張り上げた。「事情については、しおりさんが説明します！　質問があるのなら、その話が終ってからにして下さい」

そして、続けて、

「今、話題作りのための狂言だとか、ふざけたことを言ったお方がいましたね！」

と、記者たちをにらみつけると、「殺人事件です。人が死んでるんですよ！　これがどうして狂言なんですか！　あなた、冗談で人を殺したことがあるの？　ちっとは考えてから口をきなさい！」

と、まくし立てるように言って、しおりの方を振り向くと、

「ではどうぞ」

と、マイクを手渡した。

会場はすっかり静かになってしまった。

「亜由美さん、ありがとう」

しおりも面食らいながら、マイクを受け取ると、「順を追ってご説明します」

と切り出した……。

「びっくりした！」

と、信子が言った。「でも、亜由美さんのおかげで、会見がスムーズに終って。ありがとうございました」

「いいえ」

亜由美としては、ドン・ファンが飛び出して行ってしまったので、ついて行くしかなかったのだが……。

「いや、どうも」

赤羽という副社長は汗を拭きながら、「慣れないもので、こういう席は」

「副社長って——私、初めてお会いするようような」

と、しおりが言った。

「そうですね。私も副社長になって、まだ半日なもので」

「は？」

居合せたみんなが唖然《あぜん》とした。

——会見は、あまり質問も出ずに終った。

何と言っても、ドン・ファンと亜由美の「乱入」で、集まった記者たちが、すっかり毒気を抜かれてしまったのだった。

しおりと信子も同席して、亜由美たちはホテルのラウンジでコーヒーを飲んでいた。

そこへ赤羽が加わったのである。

「社長さんはどうしたんですか？」

と、信子が訊くと、赤羽は、

「何かお宅の方で大変なことがあったとかで……」

「夫婦喧嘩《げんか》とか？」

と、信子が言った。

「まさか」

と、しおりが眉をひそめる。「林《はやし》社長は独身のはずよ」

「息子さんのことです」

と、しおりがびっくりして、「初めて聞いたわ」

しおりの所属している〈Hプロ〉の社長は林広紀《ひろき》といって、五十代半ば。しおりが言うことを聞かなかったころは、よく衝突したが、信子の説得もあって、この何年かは良好な関係だった。

ときにはしおりと食事したりして、打ちとけた話をしていたので、息子がいたことを知って驚いたのである。

「息子さんは、母親、つまり社長の奥様が亡くなった後、ほとんど家へ帰らなくなったそうで」

と、赤羽が言った。「それもあって、息子さんの話はしなかったようです」

「その息子さんが、どうかしたんですか?」

と、亜由美が訊くと、

「あまり口外するなと言われているのですが……」

と、赤羽はためらっている。

「私たちならいいでしょ。ワイドショーのリポーターじゃないんだから」

と、しおりは言った。

「息子さんは満《みつる》さんとおっしゃるんですが、ホストクラブでホストとして働いておいでなんです。社長はそれが気に入らず……」

「ホストクラブ？」

亜由美はつい訊き返していた。

「ええ。そこで何か銃撃事件があって、満さんが弾丸に当って大けがを――」

「〈リフ〉が？」

と、亜由美が目を丸くした。「〈リフ〉って名前だったんでしょ、お店では」

「よくご存じで」

「だって……。びっくりした！」

なつきが肯いて、

「やっぱり先生は犯罪に好かれてるんですよ。被害者の分らない殺人と、ホストクラブ襲撃――派手ですね！」

「喜ばないでよ」

と、亜由美がなつきをにらむ。

「亜由美さん――」

「待って、しおりさん。今説明します」

亜由美は大学で相談を受けて、ホストクラブを訪れているとき、突然銃を乱射した男たちがいたと話しをした。

「――で、〈リフ〉って子が、一人だけ弾丸を受けて救急車で……」

「命に別状はないようです」

と、なつきが付け加えた。

「ときに赤羽さん」

と、信子は言った。「副社長になって半日だと言ってましたけど、今までは?」

「〈Hプロ〉におりました」

「本当? 見た覚えがないんだけど……」

「何度もお会いしてます」

と、赤羽は言った。「私は、林社長の車の運転手でしたから」


「どう思います?」

と、亜由美は訊いた。

「ワン」

「ドン・ファン、あんたに訊いてんじゃないわよ」

殿永が笑って、

「いや、彼の方が真相を言い当てるかもしれませんよ」

と言った。

しおりと信子、それに「新米副社長」の赤羽は、TVの仕事があって出て行った。

ラウンジに残った亜由美たちは、

「果して殺されたのは誰か?」

という謎に挑んでいた……。

「先生」

と、なつきが言った。「しおりさんと間違えた殺人事件と、あのホストクラブの銃撃事件、これって偶然のことなんでしょうかね?」

「うん、なつき、いいこと言った。私もそう思ってたの。しおりさんのプロの社長の息子が撃たれた。——一方の殺人事件も銃で撃たれてる。殿永さん、二つの事件の弾丸は比較しましたか?」

「いや、これは抜かったな! まさか二つの事件につながりがあるとは思っていなかったので。——すぐ、双方の弾丸を調べさせましょう」

殿永はケータイを取り出して、立って行った。

「——あのとき、犯人は〈リフ〉を初めから狙ってたんでしょうかね」

と、なつきが言った。

「そうか。もし初めから、あの〈リフ〉を殺すのが目的だったとすると……」

「〈リフ〉を恨んでいた誰かが?」

「訊いてみましょ。本人に」

と、亜由美は言って、立ち上った。「病院まで、車、お願い」

「承知しました!」

と、なつきが張り切って立ち上ったときだった。

「良かった! まだおられたんですね!」

と、副社長の赤羽が駆けて来た。

「赤羽さん、どうかしたんですか? まさか、しおりさんの身に何か——」

「そうじゃないのです。今は説明している時間が。ともかく一緒に来て下さい!」

「一緒にって、どこへ?」

「TV局です。しおりさんが生出演するんです」

「そこへ行って、何するんですか？」

「ともかく、車の中でご説明します！　急いで下さい！」

わけが分らないままに、亜由美たちは赤羽に引張られて行った。

ホテルの正面に大型のワゴン車が停《とま》っている。亜由美となつき、そしてドン・ファンを乗せると、車はすぐに出発した。

「ごめんなさい、亜由美さん。突然のお願いで」

と、先に乗っていたしおりが言った。

「あの――何のお願いか、聞いてないんですけど」

と、亜由美が言うと、

「まあ、赤羽さん、何も言わずにお連れするなんて、失礼よ」

「時間がなかったんです」

赤羽は汗を拭いて、「これからＴＶ局へ行きます」

と言った。

「そして出演していただきます」

「出演？　何かの間違いでは？」

「実はホテルを出ようとしたとき、ケータイにＴＶ局から連絡が入りまして」

「出演するはずの女の子が来ないので、困って連絡して来たんです」

と、しおりが言った。

「うちの〈Ｈプロ〉が持っている枠なので、他のプロには譲りたくないんです」

と、赤羽が強調する。

「それは分りますが、だからって、どうして私たちがTV局へ?」

と訊いて、亜由美は、「あ、ちょっと失礼」

先にホテルから出ていた殿永から、ケータイにかかって来た。

「——もしもし」

「亜由美さんの勘が当りましたよ」

と、殿永は言った。「あの女性を殺したのと、〈リフ〉を撃ったのは同じ拳銃です」

「そうですか。私、直接〈リフ〉——林満さんに訊いてみようと思うんですが」

「そうですね。では病院に、可能かどうか問い合せてみます」

「よろしく。ただ——ちょっと今、他の用事で」

「何か事件と関係のあることですか?」

「そうじゃないんですけど。また連絡します」

亜由美は通話を切ると、「それで——何でしたっけ?」

「TVに出演していただく件です」

「私が? どうしてそんな——」

「私がとっさに思い付いたんです」

と、しおりが言った。「出演するはずの子は、浅井《あさい》アンヌといって、十八歳です。今すぐ代りの子といっても見付かりません。それで、赤羽さんと話し合って……」

「そんな! 私みたいな素人に何をしろと?」

「いえ……あの……。そうじゃないんです」

と、しおりが申し訳なさそうに言った。「出演していただきたいのは、こちらの方《かた》で……」

しおりは、なつきを見て言った。

「とても可愛《かわい》いですし、パッと目立つものをお持ちだと……」

車内はしばらく静寂が支配して、やがて、

「ワン！」

と、ドン・ファンが吠えた。

4　発見

「そういうことだったのね」

と、亜由美は言った。「いつの間に、しおりさんに自分を売り込んでたの?」

「先生!　そんな……」

加東なつきは、亜由美にすがるようにして、

「誤解です!　私は先生の忠実な助手で――」

「いいじゃないの。TVに出れば、探偵事務所のPRにもなるし。でも、お客はなつきが探偵で、私はお茶くみだと思うでしょうね」

と、亜由美は散々いやみを言った。「そりゃあ、なつきは『光り輝くもの』を持ってるわよ。私なんか、なつきの前じゃ、太陽の前の月みたいなもんだわ」

「先生!　ここはやっぱり先生が出演されるのが順当な……」

亜由美はふき出して、

「何を本気にしてるの」

と言った。「心配しなくていいわよ。私は助手が世間の注目を集めたからといって、そんな理由でクビにはしないわ」

「先生――」

「ただ、ちょっとあなたを見る目が変ったってことね」

——TV局である。

「本番まであと五分！」

というADの声がスタジオ内に響いた。

「ま、頑張ってらっしゃい」

と、亜由美は、なつきの肩をポンと叩《たた》いた。

なつきは、アイドル風の可愛いドレスを着せられていた。その姿を見たとき、亜由美は自分が出ることにならなくて良かったと心から思った……。

「——いかがでしょう」

赤羽が、恐る恐る訊いて来た。

「なかなか似合ってますね」

「いや、加東なつきさんは、外見の可愛さだけでなく、知性の輝きがあって」

「ええ、仕込みがいいものですからね」

「ワン」

「しかし、それにしてもアンヌはどこへ行っちゃったんでしょう？　新人として売り出している今こそ、仕事の一つ一つが大事なのに」

「アンヌっていいましたっけ」

「そうです。浅井アンヌ」

「行方が分らないと……」

「休暇だったんです。大事な復帰の舞台だったのに……」

亜由美はふと思い付いて、

「浅井アンヌさんはどんな風でしたか？」

「どんな風と言われますと……」

「たとえば、背格好とか、しおりさんと似てましたか?」

「そうですね……。確かに背丈は同じくらい。ややふっくらしてはいましたが、体型も大体は……」

と言いかけて、赤羽はやっと亜由美の言葉の意味を分って、「では——まさか!」

「しおりさんの家で殺されていたとしたら、当然アンヌさんはここへ来られないでしょうね」

「本当に……」

「彼女の住いなどを調べるように、警察に言いましょう」

これで、まず「被害者」が分ったのかもしれない、と亜由美は思って、殿永に連絡した。

「——なるほど。さすがは亜由美さんですね」

「赤羽さんに替ります」

赤羽が、浅井アンヌの住んでいるマンションを説明して、

「これから私も参ります」

「殿永さん、私はなつきのデビューを見届けなくてはならないので、よろしく」

と、亜由美は言った。

赤羽は急いでスタジオから出て行った。

スタジオ内のセットでは、なつきが加わった女性四人組が、歌い始めていた。

他の三人はともかく、なつきは、ここへ来て、その場で歌を教えられたばかりだったが……。

「クゥーン……」

ドン・ファンが快く鼻を鳴らした。

四人で歌っているのだが、ただ一人、なつきのソプラノの声が際立って美しく、スタジオ内に響き渡っていたのである。

「あいつ……歌も上手《うま》いんだ……」

助手の晴れ姿に、ただ呆然と見入っている亜由美だった……。

「いや、すばらしい！」

ディレクターが拍手までしている。

「すみません、バランス崩しちゃって」

と、なつきは恐縮している。

何しろ女の子たちのグループに入ったものの、なつきの声は澄み切って、目立ってしまっていたのである。

「デビューCDはぜひうちへ」

と、声をかけてくるのを、

「私は歌手にはなりません！」

と言い返す。

なつきとしては、何よりまず亜由美と二人、行方不明の女の子——浅井アンヌのマンションへと急ぎたいのである。

問題の浅井アンヌのマンションには誰もいなくて、

「やはり、殺されたのは、浅井アンヌという子ですね」

と、亜由美は言った。

「そのようですね」

と、殿永は肯いて、「もちろん、確認のためにDNA検査もしなくてはなりませんが」

顔を撃たれている被害者は、見ただけでは誰とも判別できないのだ。

浅井アンヌの部屋は、もちろん馬渕しおりのマンションと比べものにならない、1DKの狭いものだった。

「ご両親に連絡しなくては……」

と、副社長の赤羽がため息をついている。

「確認が取れてからの方がいいですよ」

と、亜由美は言った。「でも——ふしぎですね。もしあれがアンヌさんだったとして、しおりさんの部屋で何をしてたんでしょう? 大体、どうやって部屋へ入ったのか。あのマンションはセキュリティがしっかりしているはずですよね」

「全くです」

と、殿永が言った。「もし、しおりさんに憧れて、しおりさんの服を着てみたりしたのだとしても……」

「一人で入ったとは思えませんね。誰か、アンヌさんを誘って、しおりさんが留守の間に忍び込んだ人間がいるはずです」

「わけが分らない」

と、赤羽は嘆いた。「浅井アンヌは、有望な子だったんです」

すると、なつきが、

「あれ?」

と呟いて、洋服ダンスの上に並んだ写真へと歩み寄り、「先生、見て下さい」

アンヌが、ＴＶでよく見かけるタレントと一緒に撮った写真が、いくつも写真立てに入って並べられている。

いつか自分もスターになって、ファンと写真を撮る立場になることを、アンヌは夢見ていたのだろう。その気持が伝わって来る。

「あ……。この写真」

と、亜由美がその一枚を取り上げた。

アンヌと仲良く肩を組んで写っていたのは、あのホストクラブの〈リフ〉だったのである。

5　親子

「社長。息子さんは……」

　その声に、林広紀は振り返って、

「しおりか。わざわざ来てくれたのか」

と言った。

「だって、大事な息子さんじゃないですか」

「それはそうだが……」

　病院の廊下で、〈Hプロ〉社長、林は長椅子にかけて、疲れ切った表情だった。

「ホストクラブなど辞めろと何度も言ってやったんだが……」

「もう言うことを聞く年齢じゃありませんよ」

「まあ……二十一歳だから大人ではある。しかし、ああいう世界が怖い所だと分っておらん」

と、林は唇をかんだ。

「具合はどうなんですか?」

「急所は外れてるから、命には別状ない。しかし、傷が治っても、手足に不自由なところが残るかもしれない」

「そうですか……。でも、心配ばかりしていても……。それで、社長さん。刑事さんがお話を――」

　林は、少し離れて立っていた殿永と亜由美たちに気付いた。

「早く犯人を逮捕してくれ！」

と、林は殿永にいきなり叩きつけるように言った。「どうせ、ホストクラブの縄張り争いだろう。息子は巻き添えを食ったんだ」

殿永はちょっと咳払いして、

「それが、どうもそれほど単純な話ではないようなのです」

と言った。

「どういう意味だね」

林が眉をひそめる。

「こちらの馬渕しおりさんのマンションで殺されていたのは、お宅のタレント、浅井アンヌさんだったと思われます」

「何？　アンヌが？」

「アンヌさんは、〈リフ〉、つまり息子さんと知り合いだったらしく――」

「そんな馬鹿な！」

と、林は遮って、「満がホストをしていたことなど、アンヌが知っていたわけがない」

「しかし、アンヌさんと息子さんは、同じ銃で撃たれているのです」

林は呆然として、

「それはどういう……」

「つまり、息子さんは初めから狙われていた可能性が高いということです」

「満を殺そうとした、と？」

「おそらく。偶然に見せかけたかもしれませんが」

「あいつが……。一体どうして狙われるんだ?」

「その点を息子さんに伺いたいのです」

林は長椅子に力なく腰をおろした。

「しかし……。待ってくれ。まだ今は……」

「もちろん、無理はさせません。担当の医師と話をさせて下さい」

「ああ……。そこのナースステーションで訊いてくれ」

林は指さして言った。

「社長さん」

と、しおりが林と並んで腰をおろすと、「アンヌさんが、私と間違って殺されたとしても、どうやってあのマンションに入れたのか、分りません。私と信子ちゃんの他に、鍵を持っていた人はいますか」

林が、その問いに、明らかにうろたえた。

「いや……それは……」

「ご存じなんですね」

と、亜由美が進み出て、訊いた。「誰か、合鍵を持っていた人間を」

林は目をそらした。

「話して下さい」

と、しおりが言った。「人の命が失われたんです」

「分ってるとも」

と、林は不服げに、「しかし――人間にはプライバシーというものがある。そうだろう? 他人に知られたくないことだってあるんだ」

「それを亡くなった女性のご両親に言えますか?」

と、亜由美が詰め寄る。

「——分った」

と、林は諦めたように息をついて、「女だ」

「どこの何という女ですか?」

「本当の名前は知らん。ただ、カメラマンで、〈ニーナ〉という名で仕事をしていると聞いていた」

「どうしてそんな身許の怪しい人に、合鍵を?」

「いや——ある業界のパーティで会った女だ。芸能プロのパーティなどは、大勢カメラマンがやって来る。スターやタレントの写真を金を払わずに、『報道写真』として撮れるからな」

と、林は言った。「パーティも終り近くになって、俺は大分酔っていた。そこへ声をかけて来たのが〈ニーナ〉と名のる女だった。カメラマンというのは本当だろう。撮るタイミングや角度などもプロのものだった。その女が自分から誘って来た。いい女で、酔っていなくても、クラッとしただろう」

「で、その流れで……」

「うん。そのまま、会場のホテルで、部屋を取って、一夜を共にした。魅力的な女だったよ」

と、林は遠くを見ているような目になった。

「その女に頼まれたんだ」

「合鍵を作ってくれ、とですか?」

「そうじゃない。ただ——どうしてか、しおりの部屋の写真を撮りたいと言った。しおり当人の写真でなく、部屋の中、内装や飾ってある物に興味があると言ったんだ」

「それで――」

「俺も、みんなの鍵を持ち歩いているわけじゃない。しおりが留守にしていると分っている日だった。――俺は一旦自宅へ寄って、合鍵を取って来た。そして……」

「私の部屋へ入れたんですか」

「そうだ。せいぜい三十分ほどだったが、一人にしてほしいと言うので……」

「その〈ニーナ〉に鍵を預けたんですか?」

「たぶん……。いや、はっきり憶《おぼ》えとらんのだが、預けて、終ったら鍵をかけて出て来てくれと言ったような気がする」

「鍵の型を取るくらい簡単ですよ」

と、亜由美が言った。「間違いなく、その女性カメラマンがアンヌさんを中へ入れたんでしょう」

「しかし殺したりはしないだろう。そんな女じゃないと思った」

「アンヌさんに、しおりさんの服を着せて、写真を撮ったのかもしれませんね」

と、亜由美は言った。「目的が何だったか分りませんが」

「その女が拳銃で人の顔がよく分らなくなるまで撃つとは考えにくいですが」

と、殿永が言った。「他に犯人がいるとしたら……」

「うん……。そうすると〈ニーナ〉も危ないかもしれん」

「騙されたんですよ、社長さん」

と、しおりが呆《あき》れたように、「信子さんに言って、マンションの鍵を替えてもらいますわ」

「ああ、それがいい。いや、酔っていたとはいえ、うかつなことをしてしまった……」

「アンヌさんのことはどうです？」

と、しおりは訊いた。

「どう、というと？」

困惑している林へ、亜由美が言った。

「殺されたのはアンヌさんです。しおりさんと間違って殺されたとも考えられますが、あんなに何発も弾丸を撃ち込んでいるのは、元々アンヌさんを殺そうとしていたとも考えられます。アンヌさんを恨んでいた人はいますか？」

「まさか……。アンヌはまだスターとも言えないし、恨まれるような立場では――」

「芸能界の絡む話とも決っていません。アンヌさんにも私生活があったわけですから。個人的にトラブルを抱えていたとか……」

「そうか。しかし――今は事務所がタレントのすべてをつかんでいるわけじゃない。アンヌの個人的なことはよく知らん」

何となく目をそらしている林は、腕組みをして座ったままだった。

アンヌと何でもなかったというのは事実では

ないだろう。

「ともかく、今は用心することです」

と、殿永は言った。

「息子のことか」

「それもあります」

そこへ、

「あら、あなたたちは……」

と、声がした。

「和田さん」

亜由美は、あのホストクラブの支配人をつとめている和田ふみ代がやって来るのを見て、

「ここへは――」

「〈リフ〉のことよ、もちろん」

と、ふみ代は言った。「傷の具合は？」

「あんたは？」

と、林が言った。

ふみ代のことを聞くと、林は、

「息子は二度とそんな店には行かん！」

と言い切った。「引き取ってくれ」

「まあ失礼な」

と、ふみ代はキッと眉をつり上げて、「ホストクラブの何がいけないって言うの！」

「そんなことは言っとらん。やりたきゃ勝手にやれ。ただし、息子は辞めさせる」

「子供じゃあるまいし、本人の自由でしょ！」

と、二人はやり合っていたが、突然ふみ代が表情を変えて、

「あんた……広紀？」

と言った。

「何だ？　気安く呼ぶな」

と、林が渋い顔になる。

「待って。あんた、もしかして——林広紀ね？」

「それがどう——」

どうした、と言おうとしたのだろうが、こちらも何か突然思うところがあったらしい。

「あんたは……」

「ふみ代よ。忘れた？　あんたほどは変ってないと思うけどね」

林はたじたじとなって、

「ふみ代さん！　本当にあんたか！」

「奇妙なもんだわね」

と、ふみ代が苦笑して、「〈リフ〉があんたの息子？　何てことでしょ」

二人の話を聞いていて、

「あの……お二人は知り合いでいらしたんですか」

と、亜由美が言うと、

「ええ、もちろん」

と、ふみ代が言い、

「ただの顔見知りだ！」

と、林が答える。

ふみ代は笑って、

「こいつはね、亡くなった主人の秘書だった。いえ、秘書ってほどのもんでもなくて、使い走りだったのよ」

と言った。「それで家に出入りしている内に、十五も年上の私に惚《ほ》れちまって」

「十五じゃない。十三歳違いだ」

「大して違わないでしょ。――ともかく主人が怒って叩き出したのよ」

「無一文でな」

と、林が言った。「おかげで大変だったんだ」

「今さら何よ」

どうもはたから見ていると、「彼女」「彼氏」は、昔の教師と生徒という印象だった……。

6　ニーナ

〈ニーナ〉は実在していた。

当り前とも言えようが、何となく「架空の存在」であるかのように亜由美は感じていたのである。

しかし——。

「ライト、右上から！」

という声が、スタジオの中に響いた。「そう！　それでいい！　——ジュンちゃん、回ってみて。スカートがフワッと広がる感じで！」

かなり広い撮影用スタジオだった。

「〈ニーナ〉さん！　お客よ」

と、スタッフが呼ぶと、

「待っててもらって！」

声は上の方から聞こえて来た。

「はい、ジュンちゃん、そこでカメラの方を見上げて。——そう！　可愛いよ！」

〈ニーナ〉がシャッターを切る音が、スタジオの中に響く。

「——はい、ＯＫ！」

頭上に組まれた足場から、ジーンズ姿の女性が、ポンと飛び下りて来た。

「ジュンちゃん、良かったよ！」

「ありがとうございました」

と、アイドルらしい女の子が嬉しそうに言って、スタジオを出て行った。

「――何かご用でしょうか」

と、〈ニーナ〉がやって来た。

そして、林に気付くと、

「まあ、林さん！」

と、目を見開いた。

「〈ニーナ〉、大変なことになったんだ」

と、林が言った。

「失礼」

と、殿永が進み出て、「警察の者です。〈ニーナ〉さんですね？」

「はい」

と、心もち青ざめて、「馬渕しおりさんの事件のことでしょうか」

「ともかく、ゆっくりお話を伺いたい」

「分りました。――こんな仕事用の服装なので、着替えて来ていいですか？」

「お待ちしています」

「じゃ、すぐに」

〈ニーナ〉はスタジオを横切って奥のドアから出て行こうとしたが――。

「ワン！」

ドン・ファンがひと声、大きく吠えた。〈ニーナ〉がドアの手前で、びっくりして足を止める。

そのとたん――スタジオの天井から、重いライトが落下して来て、〈ニーナ〉の目の前で砕けた。

「キャッ！」

と、悲鳴を上げて、〈ニーナ〉が後ずさる。

「大丈夫ですか！」

亜由美たちが駆けつける。〈ニーナ〉が青ざめて、

「危なかったわ……。まともに当っていたら、私……」

亜由美が天井を見上げて、

「誰かいる？」

と、呼びかけた。

「〈ニーナ〉さん！　大丈夫ですか？」

と、声がして、スタジオ隅の方の天井から、金属のはしごを使って下りて来た若い男がいた。


「誠一《せいいち》君、今、誰かライトをいじった？」

「いいえ。でも僕からはあのライトの位置はよく見えないんです」

誠一と言われた若者は、「〈ニーナ〉さん、けがしてますよ！」

と言った。

「あ……。気が付かなかったわ」

砕けたガラスの破片が当ったのだろう、左足から血が流れていた。

「救急車、呼びましょう！」

「大げさよ。自分で手当すれば――」

と、〈ニーナ〉は言ったが、「まあ……。結構血が出てるわ……」

と、まるで他人事のように呟いて――その場

に倒れてしまった。

結局、やはり、

「なつきちゃん！　救急車！」

と、亜由美が叫ぶことになったのである……。

「あのライトを落とした人間は、別のはしごから下りて逃げられたのね」

と、亜由美は言った。「何か落として行った物とかは？」

「TVの刑事ドラマじゃありませんよ」

と、なつきが言った。「そう都合よく……」

「分ってるわよ。念のために訊いただけ」

〈ニーナ〉がかつぎ込まれた病院の近くのティールームである。

「どうして〈ニーナ〉が狙われるの？」

と、亜由美は言った。

「ワン」

「そうそう。ドン・ファンのおかげで〈ニーナ〉は命拾いした。分ってるわよ」

忘れてもらっちゃ困るよ、とでも言いたげなドン・ファンだった。

林広紀は〈Hプロ〉のオフィスに戻っていた。

「林さんと〈ニーナ〉は、ずっと続いてたんですかね」

と、なつきが言った。

「男と女って、そんなもんよ」

と、亜由美は分ったようなことを言った。

「でも殺されたのは浅井アンヌさんでしょ？

一体動機は何でしょうか？」

　そう。――今度の事件は、さっぱり全体像が見えて来ない。

「初めは馬渕しおりさんが殺されたのかと思った。でもそれは人違いで、実際には浅井アンヌさんだった。なぜか、しおりさんの部屋に入り込み、しおりさんの服を着ていて殺された……」

「そこに入ったのが、たぶん〈ニーナ〉さんですね」

　と、なつきが言った。

「――どうも」

　と、ティールームへ殿永が入って来た。

「どうですか、〈ニーナ〉さんの様子は」

　と、亜由美が訊く。

　救急車に同乗して行ったのは殿永だったのである。

「むろん、けがはそうひどくないです。ただ、意外と深い傷だったようで、今、〈ニーナ〉さんは麻酔が効いて眠っています」

「でも、大したことがなくて良かった」

「いくつか分ったことがあります」

　殿永はコーヒーを頼んでおいて、手帳を開いた。「カメラマンの〈ニーナ〉は、本名が〈八《はっ》田《た》久《く》仁《に》子《こ》〉。今、かなり売れっ子のカメラマンのようです。林さんも認めていた通り、二人は男女の関係で、それは今も続いているようです。あの照明器具の落下が、彼女を狙ったものかは断定できませんが、誰かから恨みを買っているかどうか、それはまだこれから調べないと分りません」

「それに、〈ニーナ〉を狙ったことと、浅井アンヌさんが殺されたことと、どうつながっているのか……」

と、亜由美が言った。

「ホストクラブで〈リフ〉が撃たれたこともありますよ」

と、なつきが言った。

「わけが分らない！」

と、亜由美はやけ気味に両手を広げた。

その拍子に、亜由美の手は水のグラスをはねのけてしまった。

「あ——」

と、声を上げる間もなく、グラスは床で砕けていた。「ごめんなさい！」

「いえ、いいですよ」

中年のウエイトレスが、すぐやって来て、手早くかけらを拾ってビニール袋に入れた。

「ごめんなさいね」

「大丈夫です。濡れて、滑りますから、拭くまで立たないで下さいね」

いやな顔一つしないで、破片を片付け、タオルを何枚か持って来て、床にこぼれた水をていねいに拭う。

その手際の良さに、亜由美たちは、ちょっと見とれてしまった。そして、

「お邪魔しました」

と、店の奥へ。

「——みごとですね」

と、殿永が感心して、「ああいうのを、プロと言うんでしょうね」

すると、亜由美が突然、

「そうよ！」

と、声を上げた。

なつきがびっくりして、

「先生！　気を確かに！」

「失礼ね。しっかりしてるわよ」

と、亜由美はむくれて、「割り切ることが大切だと思ったの。グラスが割れたのを見てね」

「凄《すご》い連想ですね」

「ともかく、基本に立ち帰る。そもそも、事件は馬渕しおりさんが殺されたこと」

「殺されたのは——」

「もちろん、しおりさんじゃない。でも本当なら、しおりさんが殺されるはずだった。そう考えるのが自然でしょ」

「そうですね……。現場はしおりさんのマンションですし……」

「そう。そして被害者はしおりさんの服を着ていた。犯人はしおりさんを殺しに来たわけでしょ。——いい？　犯人が部屋へ忍び込む。しおりさんの服を着た女性が背を向けて立っていたら……。当然、それがしおりさんだと思うでしょう」

「でも、顔を撃たれてるんですよ」

「犯人が、背後から狙ったとする。人の気配に気付いて、彼女が振り向く。その瞬間、引金を引いて、弾丸は顔に当る」

「つまり――」

「犯人だって、プロの殺し屋じゃないんですもの、相当緊張していたはずよ。しかも、本当なら心臓辺りを狙ったのに、弾丸は顔に当ってしまった。焦ってさらに引金を引く。――犯人も、しおりさんを殺したつもりだったかもしれない」

殿永が肯いて、

「説得力がありますね」

と言った。

「そうでしょ？　もしこの説が正しければ、馬渕しおりさんが殺されたと考えないと」

「つまり、動機ですね。しおりさんを殺そうとする人間がいた」

と、なつきが言った。

「そういえば……」

と、亜由美は言った。「しおりさんの私生活について、週刊誌とかに出たことある？」

「恋人とかですか？　いえ、しおりさんは大人の役者ですからね。アイドルってわけじゃないので……」

と、なつきがスマホを取り出して検索を始めた。

「岩倉さんのことは知ってるけど、他に誰もいなかったのかしら？」

「少なくとも、噂《うわさ》にはなっていませんね」

「そうか。——岩倉さんがいるので、他の男性がいるかもとは考えてみなかったわ」

と、亜由美は言った。「でも、考えてみれば、しおりさんは、岩倉さんのプロポーズに、はっきり返事してないんだわ」

「ということは……」

「もちろん、あのときしおりさん自身が説明したように、この事件で、それどころじゃないってことだったかもしれないけど、もしかすると――」

「他に恋人がいたってこともあり得ますね！」

「マネージャーの岩田信子さんに訊いてみましょ。殿永さんも探ってみて下さい」

「もちろんです。誰か他にいれば、必ず目につきますよ」

と、殿永は言った。

そこへ、〈ニーナ〉が目をさましたという連絡が入って来たのである。


「ご心配かけました」

〈ニーナ〉、こと八田久仁子は、けがした足を包帯で包まれてはいたが、杖《つえ》を突いて歩ける状態だった。

「でも、カメラマンは色々ポーズを決めたりアングルを考えるのに、しゃがんだり這《は》ったりしますからね。すっかり治るまでは無理しないで休もうと思ってます」

病室で、〈ニーナ〉は静かに休んでいた。

「二、三伺いたいことが」

と、殿永が言うと、

「馬渕しおりさんのことですね」

と、〈ニーナ〉は言った。「しおりさんは無事だったと――」

「殺されたのは、同じ事務所の浅井アンヌというタレントでした」

「そうでしたか……」

〈ニーナ〉は沈んだ表情になって、「写真を撮ったことがあって、そのとき、彼女はしおりさんに憧れていると熱心に言っていたんです」

「あなたはしおりさんの留守中のマンションに入ったんですね?」

と、亜由美が言った。「林さんからそう聞いていますけど」

「はい、確かに」

と、〈ニーナ〉は肯いた。「しおりさんの住んでいる所を見たかったんです」

「でも、どうして……」

「しおりさんの写真を、何度も撮っていました。そして私……」

〈ニーナ〉は少しはにかむような表情になって、

「私、しおりさんに恋しているんです」

と言った。

亜由美たちも、当惑していた。

「でも林さんと――」

「ええ。私、バイセクシャルなので」

と、〈ニーナ〉は言った。「林さんとは遊びのような関係ですが、しおりさんには……。本気で恋しています」

じっと亜由美を見つめて、

「本気なので、却《かえ》ってそうは言い出せなくて。――せめて、彼女の呼吸している空間を知りたかったんです」

「それで林さんから鍵を借りて?」

「ええ。そのとき、たまたま浅井アンヌちゃんと出会って、一緒に連れて行ってあげたんです。でも、そのときは何もありませんでした」

「合鍵を作りました?」

「いいえ！　そんな、しおりさんの迷惑になるようなことはしません」

と、〈ニーナ〉はきっぱりと言った。

「じゃ、アンヌさんはどうやって、またしおりさんの部屋へ入ったんでしょうね」

「それは分りません。あのとき、鍵は私がずっと持っていましたから、鍵の型を取ったりはできなかったはずです」

亜由美は少し間を置いて、

「しおりさんは、あなたの気持に気付いているんですか?」

と訊いた。

〈ニーナ〉はため息をついて、

「分りません。直接打ち明けてはいませんが、察しているかも……。でも私は気付かれなくても満足です」

亜由美は肯いた。――どう見ても、〈ニーナ〉

は正直に話している。

「〈ニーナ〉さん。しおりさんの恋人って、誰か知ってます?」

と、亜由美は訊いた。

「さあ……。他の人のことは関心がなくて」

「岩倉さんのことは?」

「ええ、知っています。しおりさんにプロポーズしてたんですよね。でも、私、あの人はしおりさんの恋人じゃないと思います」

「どうしてそれを?」

「岩倉さんのことを聞いたこともありますが、口調で分ります。しおりさんの方は全くその気がありません」

〈ニーナ〉の眼は確かだろう、と亜由美は思った……。

7　再会

「亜由美先生！」

元気のいい声が飛んで来た。

亜由美と神田聡子《かんださとこ》は、ホールの入口を入ろうとしているところだった。

「あら、恭子ちゃん！」

亜由美は目をみはって、「大人になったわね！」

聡子も目をパチクリさせて、

「亜由美が家庭教師やってた中学生？　びっくりだ」

「もう十六だものね」

と、亜由美は、自分より背が高くなった、スラリとした美少女をじっくり眺めて、「高校一年生？　月日のたつのは早いわね」

「トシ取るわけだ」

と、聡子がしみじみと言った。

「お母さんの講演、聞きに来たの？」

「お客が少ないと寂しいから来て、って言われて」

「そんなこと！　加代子先生の講演はいつもいっぱいよ」

亜由美も聡子も、大学で教えてもらっている和田加代子の講演を聞きに来たのである。

娘の恭子も、ホールへ入ると、客席がほとんど埋っているのを見て、

「へえ！」

と、声を上げた。「うちのお母さん、人気あるんだ」

五百人ほどのホールで、亜由美たちは一番後ろの列で、やっと三人座れる席を見付けた。

「終ってから、お母さんとご飯食べるの」

と、恭子が言った。「目当てはそっちなんだ」

「正直でよろしい」

と、亜由美は笑って言った。

「そういえば、先生、大変だったんでしょ、ホストクラブで」

と、恭子が言った。「お母さん、目を回しそうだった。おばあちゃんが支配人だったたって知って」

「私もよ。ふみ代さんは、その後どうしてらっしゃるの？」

「お母さんと言い合ってたけど、おばあちゃん、頑固だから。今でも毎日ホストクラブに出勤してるよ」

「お元気ね」

「何だか、お店の売れっ子のホストが撃たれたとかって……」

「〈リフ〉って人ね。林満っていうのよ、本当の名前は。もう治ったんじゃない？」

「店に来てるみたい。何だかその人のお父さんを、おばあちゃん、よく知ってたらしくって」

〈Hプロ〉の林社長は、昔和田ふみ代に惚れていたという話。息子に、「ホストクラブをやめろ」とは言えなくなってしまったのだろう。

場内にブザーが流れ、空いていた席も、ほとんど埋った。

ステージの照明が点《つ》くと、明るい色のスーツを着た和田加代子が登場。拍手は人気スター並みに盛大だった。

加代子の専門は英文学だから、およそ流行とはほど遠いのだが、今や「過去の遺産」となりつつある、「嵐が丘」や「ジェーン・エア」などの話を、今の女性たちと比べて面白く語るので人気があるのだ。

作者の「ブロンテ姉妹」についてのエピソードを紹介した後、プロジェクターで背後のスクリーンに、当時のヒースの野原などの写真を映し出した。

場内は少し暗くなっている。

すると——亜由美たちの後ろの扉が開いて、誰かが入って来た。

亜由美はちょっと振り返った。背広にネクタイの男性で、入って来ると急いで扉を閉め、会場の隅の方へ行って、立ったままステージを眺めている。

あまり英文学と係《かかわ》りのありそうなタイプには見えないが……。

亜由美は別に気にせずにステージの加代子の方へ目をやった。

そして、隣の席の恭子がじっと身動きせずに息を殺していることに気が付いて、

「どうかした?」

と、小声で訊いた。

恭子は大きく息をつくと、

「お父さんだ」

と言った。

「え?」

「今入って来た人……。あれ、お父さん」

四年前に行方不明になった加代子の夫? 亜由美は驚いて、

「確かに?」

「まだ憶《おぼ》えてる」

それはそうだろう。恭子は十二歳だったのだ。


亜由美はその中年男の方へ目をやった。

場内は薄暗いが、顔が分らないほどではない。

そして加代子が、プロジェクターを切ると、場内は明るくなった。

その男は、近くの扉から出て行った。

「出て行った。追いかける?」

「うん!」

二人が立ち上ると、ウトウトしていた聡子がびっくりして、

「——どうしたの?」

周りの席から「シッ」とにらまれる。

それでも聡子はあわてて亜由美たちを追いかけて行った。

「もうちょっとだったのに!」

と、悔しげに恭子が言った。

「仕方ないわよ」

と、亜由美が慰めて、「タイミングってものね」

亜由美たちは、ホールの楽屋への扉を開けて中へ入った。

恭子の母、和田加代子の講演が終ったところである。

ホールの舞台では、まだ場内の聴衆からの質問に、加代子がていねいに答えているようだった。

「加代子先生らしいわ」

と、亜由美は言った。「少しも手を抜かない」

拍手が聞こえて、加代子が舞台から袖に戻って来る。

そして恭子を見ると、目を見開いて、

「あら、本当に来てたのね」

と言った。「まあ、亜由美さんも神田さんも！　良かったわ、遠慮抜きの感想が聞けるわね」

「あのね、お母さん――」

と、恭子が言いかけたが、

「ちょっと待って。今の質問で、なかなかお目にかからない文献があることが分ったの。忘れない内にメモしておかないと」

そう言うと、加代子は手にした講演用のメモの裏に、ボールペンで走り書きした。

「恭子、ご飯食べるでしょ？　お二人も一緒にいかが?」

「でも……」

「用がなければ、いいでしょ? 恭子も喜ぶわ。待っててね、片付けることがあるから」

早口でそう言って、加代子はさっさと楽屋へ入って行ってしまう。恭子は息をついて、

「いつもああなんだから。人の言うことなんか、ろくに聞きやしない」

「忙しいのね」

と、亜由美はちょっと笑って言った。

スープを飲んでいた手が止った。

「——今、何て言った?」

と、加代子は娘に訊いた。

「だから、お父さんが聞きに来てたんだってば」

恭子がやっとくり返し言った。「そう言ったでしょ」

「お父さんが? あの人が会場に?」

加代子はスプーンをスープ皿に置いて、「どうして、もっと早く言わないの!」

恭子が、さすがに不服げな顔をする。亜由美がそれを見て、

「先生、お忙しそうでしたし」

と言った。「恭子ちゃんは気をつかったんですよ」

「それにしても……」

「追いかけたんです、私たち。でもその人、通りへ出ると、ちょうど来たタクシーを停めて乗

って行ってしまったんです。タッチの差で逃げられて。残念でしたけど」

加代子は、亜由美の目から見たら、意外なほど動揺していた。

「――先生、大丈夫ですか？」

恭子がトイレに立ったので、亜由美は加代子に声をかけた。

「ええ」

加代子は肯いて、「おかしく見える？」

「見えます」

加代子はため息をついて、

「それじゃ、きっと恭子も気付いてるでしょうね」

と言った。「あんまり突然だったもので」

亜由美は、聡子と目を見交わした。

「先生。恭子ちゃんが戻って来ない内に。――ご主人は理由も分らず、突然行方不明になったってお聞きしてましたけど、本当は何かわけがあってのことだったんですよね。ただ、そのことを恭子ちゃんには……」

「言えないわ」

と、加代子は急いで言った。「お願い！　あの子には黙っててね」

「先生、黙っててと言われても、何も聞いてません」

「あ、そうだったわね」

加代子は、せっかちな分、あわてん坊でもあるのだ。

「もしかして――ご主人の行方不明は、女性絡みだったのでは?」

「そうなの。よく分るわね」

と、加代子は感心したように、「亜由美さんって、意外と男性経験が豊富なの?」

「先生、『意外と』は削除を求めます」

「あ、そうね」

「女性絡みだったことぐらい、誰でも察しがつきますよ」

「そうよね、きっと」

「相手の女性は、恭子ちゃんも知ってた人なんですか?」

当り、だったらしい。

「ええ。――馬渕カレンという子」

亜由美は、面食らって、

「待って下さい。その人って、確か馬渕しおりさんの……」

「ああ、そうなの。馬渕の家は、主人の遠縁で」

しかし、まさか――。

「知ってますよね、馬渕しおりさんのマンションでの殺人事件」

「ええ、もちろん」

「そのとき、しおりさんは、カレンさんが間違えられた相手じゃないかと心配して電話しましたが、カレンさんは元気だったんです」

「じゃ、カレンは、九州にいたのね?」

「確かそうです」

と、亜由美は言った。

「それなのに、和田公一は東京にいるのね」

と、加代子は言った。

「二人は別れた、ということですか?」

「分らないわ」

と、加代子は首を振った。

「うまくつかまえられたら良かったんですが……」

「それは仕方ないわ。あの人のことをよく知ってる人たちに当って、どこにいるか、調べてみましょう」

――トイレに行っていた恭子が戻って来たので、

「ね、大学の建て直しってどうなってるんですか?」

「女子トイレを立派にしましょうよ、建て直すなら。うんと豪華に」

と、大学の話題に変えた。

しかし、恭子は席につくと、

「ね、お母さん」

と言った。

「何?」

「お父さんのことだけど、家を出て行ったのは、もちろん女の人がいたからだよね」

加代子は焦って、

「そんなこと……。どうしてそう思うの?」

と訊き返した。

「だって、そう考えるでしょ、普通は」

と、恭子はアッサリと言った。

「そう……かしらね」

「そうだよ。いくらお母さんのこしらえるご飯がまずくたって、それだけで逃げ出しゃしないよ」

「恭子……」

加代子は、グサッと来たらしく、何の反論もしなかった。

苛立つほどの長い間、呼出し音がくり返された。

しかし、諦めなかった。必ず、家の電話のそばにいる。そう確信していた。

そして――ついに向うが出た。

「はい。――もしもし」

ため息と共に、

「私よ」

といった。「ケータイを変えて、逃げられると思った？」

「いや、別に……」

と、やや不本意という口調で、「知らせてなかったか？　知らせたつもりだった」

「白々しいわね」

と、カレンは言った。「ともかく、会いに行くわよ」

「待ってくれ」

と、相手は急いで言った。「そう簡単なことじゃ――」

と言いかけて、

「今、どこからかけてるんだ?」

「分るでしょ」

「東京に来たのか。いつだ」

「ついさっき、着いたところよ。そっちに行ってまずいのなら、こっちへ来てちょうだい」

「分った。しかし、今すぐは出られない。仕事があるんだ」

「仕事は休めるでしょ」

「今すぐというわけには……」

「じゃ、いつなら?」

たたみかけるようなカレンの口調に、相手も諦めたようだった。

「夜、七時まで待ってくれ。ホテルを取って、休んでいるといい」

「高級ホテルを取っておいて。そこで待ってるわ」

「なあ……。いいよ、分った。しかし、ロビーをウロウロしないでくれよ」

「部屋でおとなしくしてるわ」

「それじゃ……。〈ホテルK〉を取っておく。フロントで、僕の名前を言ってくれ。君の名で入れるようにしておく」

「間違いなくね。〈ホテルK〉なら……二十分で行くわね」

「今すぐ予約を入れるよ」

「必ずね。ああ、それから、あなたのケータイで、私にかけて」

「分った。これを切ったら、すぐにかけるよ」

相手は逆らわなかった。

カレンは、それで油断するほど甘くはなかった。

「――それじゃ」

と、相手は言った。

「忘れないでね、約束を」

と、カレンは言った。

「分ってる。後でゆっくり話そう」

「じっくり聞くわ。ごまかしのない話をね」

「ごまかしたことはないぞ。予定が狂ったことはあるが」

「そうかしら？　いいわ。そういうことにしておきましょ」

カレンはそう言って、通話を切った。


――数分で、相手からかかって来て、〈ホテルK〉を予約した、とだけ告げた。

カレンは、ひとまず安堵《あんど》して、静かな公園から、にぎやかな通りへと足を向けた。

――東京だ。

カレンは、都会の空気を思い切り吸い込んだ。

8　危い正直

「断っときますけどね」

と、亜由美は言った。「私が来たいって言ったわけじゃないのよ」

「そんなに強調しなくたって」

と、苦笑しているのは、加東なつきである。

「でも——大丈夫なの？」

と、不安げなのは神田聡子。「何十万とかふっかけられたら、どうする？」

「なつきがついてるんだから……」


亜由美はそう言ったが、あまり自信があるとも見えなかった。

「ご心配なく」

と、一人なつきは落ちついたもので、「ここは大丈夫なんです」

と促すと、亜由美たち（ドン・ファンも含めて）と一緒に、店の中へと入って行った。

「——これはどうも」

と、黒服の男が飛んで来て、「よくおいで下さいました」

「よろしく」

と、なつきが言って、ホストクラブ〈Q〉の奥のテーブルへと案内されて行く。

「やあ、これは……」

ソファに落ちついた亜由美たちの所へ、真先にやって来たのは〈リフ〉、林満だった。

「もうけがはいいの？」

と、亜由美が訊いた。

「ええ、もうすっかり」

と、〈リフ〉は言って、「皆さんのおかげですよ」

「襲撃して来た連中のことは、何か分った？」

「たぶん、同業者でしょうね」

と、〈リフ〉はさりげなく、「そんなこと、怖がってちゃ、ここでホストはやっていられませんよ」

「いい度胸だ」

「クゥーン」

「ドン・ファンもほめてるわ」

「ありがとう！」

〈リフ〉はドン・ファンの毛並を、そっと撫でた。

「とりあえず、飲物をね」

と、なつきが言った。

各自、オーダーをすませたところで、なつきが言った。

「色々当ってみたところ、このお店は、この近辺だけじゃなく、同業者の中でも一番良心的に経営されていると分ったんです」

「へえ」

そういう裏情報も、なつきのような大金持ちの下には集まるのだ。

「そうおっしゃっていただくと嬉しいです」

と、〈リフ〉が言った。「マダムもきっと喜びます」

「今夜はみえてるの？」

「マダムですか？　まだですが、たぶん八時ごろまでには。――それまでごゆっくりなさって下さい」

〈リフ〉が一旦席を立って、他の中年女性四人のグループのテーブルへ。

「でも、亜由美」

と、聡子が言った。「〈リフ〉を撃ったのと、浅井アンヌを殺したのは同じ銃なんでしょ？」

「そう。だから、あの襲撃が、ただのいやがらせでないことは確か」

と、亜由美は肯いて、「そこを探ってみたいの」

「ホスト相手に？」

「私がホストにメロメロになるとでも？」

「ならないでしょうね」

と、聡子が言った。「柄じゃないもの」

「それ、どういう意味？」

――時間がたつにつれ、客は増えて来た。

ホストクラブだから、当然客のほとんどは女性。それも四十代以上と思える女性たちが、目一杯お洒落《しゃれ》をしてやって来る。

しかし、よくTVなどで見る、とんでもない金額を女性たちに使わせるような雰囲気はなく、客のそばに、お気に入りのホストが座って、気軽におしゃべりしながら飲んでいる様子だ。

「――すみません、ここに誰もつけなくて」

と、〈リフ〉が戻って来た。

「いいのよ」

と、なつきが言った。「ここは女性がリラックスできる空間でしょ」

「その通りです！　マダムからいつも言われていますよ。『店の犠牲になろうとして、みえるようなお客様を作らないこと』とね。無理のない範囲で、ホストと楽しく過していただけることを目指せ、とも」

「でも、それじゃ、ホストは稼げないんじゃない？」

と、聡子が言った。

「一度に何百万とか、そんなことはありませんが、そういうお客は結局長く続かないですからね。長く通っていただくお客様が増えれば、長い目で見れば結局得なんです」

「いい精神だ」

と、亜由美は微笑《ほほえ》んだ。「お父さんからは何か言って来ないの？」

「ええ。僕がここを辞めないと言い張るんで、諦めたみたいです」

それだけではないだろう。

林広紀は昔、和田ふみ代に恋していたという弱味がある。

「それに、父だって……。あの殺された浅井アンヌとか、何とかいうカメラマン――〈ニーナ〉でしたっけ。偉そうなことは言えませんよ」

「あなた、アンヌちゃんと……」

「ええ、仲良かったですよ。向うは十八、僕は二十一で、話も合いましたしね」

そう言って、〈リフ〉は、真顔になった。

「誰があんな若くて無邪気な子を殺したんでしょう？　許せない！」

「アンヌちゃんはここへ一人で来てたの？」

「いいえ。一人で来るような所じゃ……。いつもは父が連れて来てましたけど、たまには馬渕しおりさんと一緒に来ることもありましたね」

「しおりさんと？　しおりさんはこの店にどれくらい……」

「ごくたまにです。でも店の子たちには好かれていました」

〈リフ〉は店の入口の方へ目をやって、

「〈マダム〉です」

見れば、相変ず貫禄のある姿の和田ふみ代が入って来て、各テーブルを回る。

〈リフ〉が立って行った。

「——まあ、どうも」

と、和田ふみ代は亜由美たちのテーブルにやって来た。

「どうぞごゆっくり」

と、型通りの挨拶だけで、他のテーブルを回り始めた。

「忙しいのね」

と、亜由美は言った。

「ところで、あのカレンのこと、どうなった?」

と、聡子が訊いた。

「東京へ行く、と言って家を出てから、連絡がないと……」

「心配ですね」

と、なつきが言った。

「これ以上の犠牲は出したくないの」

と、亜由美は言った。「一体誰に会いに来たんでしょうね?」

そこへ、〈マダム〉がやって来て座ると、

「〈リフ〉のことでは、色々とどうも」

と言った。「その後、何か分りまして?」

「行方不明になっている公一さんのこと、何かご存知ないですか?」

と、亜由美は訊いた。「馬渕カレンさんとお付合があって、それで家を出たと聞きました」

「そのようね。でも、カレンちゃんの方の人は私、ほとんど知らなくて」

「そうですか。でも今、カレンさんは東京へ来ているようです。それが、浅井アンヌさんが殺された事件とどこかでつながっている気がするんですよね」

「いやだわね。若い人が殺されるなんて」

と、和田ふみ代は首を振って、「アンヌって子も可哀そうに」

〈リフ〉がやって来て、

「〈マダム〉。3番のテーブルでお呼びです」

「分ったわ。あなたこちらのお相手を」

と、〈マダム〉は素早く他のテーブルへと移って行った。

「――いい度胸ですね」

と、なつきが言った。「また襲われたら、とか考えないのかしら」

「ちゃんと〈マダム〉は手を打ってるんですよ」

と、〈リフ〉が言った。「あの一件の後、お店の入口に防弾ガラスの仕切りを。あんな連中が入って来ようとしたら、ガラス扉がさっと下りて来て止めます」

「へえ」

「さらに、その背後でもガラス扉が閉って、やって来た連中を、防弾ガラスの扉で閉じ込めるんです」

「やるわね」

と、聡子が感心している。

「時に、〈リフ〉。あなたとアンヌさんの写真だけど、誰が撮ったの？」

と、亜由美は訊いた。「しおりさんじゃないようだけど」

「ええ、男の人です。しおりさんと一緒に来ていた人で」

「誰かしら？　林さんじゃないのね」

「違います。この店には、たぶん一度しか……。僕の知ってる限りですが」

そう言って、〈リフ〉は、ちょっと不安げに、

「アンヌはしおりさんの代りに殺されたんですか？」

「おそらくね」

「ということは——これからも、まだしおりさんが狙われるかもしれない、ということですよね」

「ええ。でも、ちゃんと分ってるから、大丈夫。しっかりガードしてもらっているわ」

「それならいいけど……」

〈リフ〉は今、すっかり林満に戻っていた。そこへ、

「いらっしゃいませ」

と声がして、店に入って来たのは——。

「しおりさん！」

〈リフ〉が弾《はじ》かれたように立ち上った。

馬渕しおりが、ごく普通の服装で、しかしやはり人目をひく華やかさを身にまとって店に入って来たのである。

後からついて来ているのは、マネージャーの岩田信子だった。

そして、もう一人——。ちょっと気後れしがちな様子で入って来たのは、殿永だった。

「ワン」

と、ドン・ファンが面白がって吠えた。

「私は、あくまでしおりさんの警護のためにですね……」

「殿永さん、言いわけしなくても」

と、亜由美が言った。「可愛い男の子がそばについていてくれますよ」

「結構です」

と、殿永は、別の席に座って言った。

「しおりさん、出歩いて大丈夫なんですか?」

と、〈リフ〉が訊いた。

「お仕事があるわ」

と、しおりは言った。「ちゃんと殿永さんがついてて下さるから」

〈リフ〉は面白くなさそうに、

「何なら、僕もついて行きますよ」

と言った。

「あなたはこのお店の人気ナンバーワンのホストなんでしょ? しっかり働いて」

――亜由美は殿永の隣に移ると、

「カレンさんのこと、何か分ったんですか?」

「いや、彼女の両親も心配していますがね。連絡がつかないそうですよ」

「そうですか。でも、誰かを頼りに東京へやって来たのは確かでしょ。カレンさんが知っている人がいるとしたら……」

と、亜由美は考え込んだ。「和田公一さんしか……」

「彼はたぶん別の名前で暮してるんじゃないですかね」

と、殿永は言った。「今は、同じように突然姿を消して、それきりどこでどうしてるか分らない人がいくらでもいるんですよ」

「どういうことなんでしょう?」

「さあ……。事情は一人一人、それぞれあるんでしょうがね。ある日突然、違う所で暮したくなったり、家族から逃げ出したくなったり……」

「でも、和田さんの場合はカレンさんと――」

「遠縁とはいえ、親戚なんですよね。もちろん、カレンさんとの仲は続かなかったわけでしょう。家を出る口実だったんでしょうね」

「そんなことって、あるのね……」

と、亜由美は、ちょっとしみじみ考え込んだ。

「ともかく、大人が本当に姿をくらましてしまおうと思えば、なかなか見付かりませんよ」

と、殿永は言って、「――このウーロン茶、いくらするんだろ?」


なかなかいい部屋だった。

カレンは、広いバスルームで、悠々と手足を伸してバスタブに浸《つか》っていた。

「ちょっと無理したわね」

と呟く。「結構なお金、取られるわよ、この部屋」

でも――それぐらい、いいんだ。カレンはそう思った。

私には、それぐらいの価値が充分ある。そうよね?

この若い肌を存分に味わえると思えば、安いものだ。そして、わざわざ九州から出かけて来たんだから。

「そろそろ出ようか……」

と思ったとき、バスルームの半分開いたドアの外で、人の気配がした。

今ごろ来たのね。カレンは微笑んで、

「遅かったわね」

と、声をかけた。「もう二回もお風呂に入って、ふやけちゃったわ」

ソファに座ったのか、キュッという音が聞こえて来た。

「私、お腹空《なかす》いたわ」

カレンはバスタブから出ると、ホテルの分厚いバスタオルで軽く体を拭いて、裸身の上にバスローブをはおった。

「あなたは？　食べに行くのは面倒でしょ。ルームサービスで何か取りましょうよ」

カレンは洗面台の鏡の前で、濡れた髪を拭いた。「――ここのルームサービス、さすがに悪くないわよ。お値段もいいけどね」

ドライヤーを手にして、温風で髪を乾かす。耳のそばでドライヤーが風を吹きつけて来るので、話は聞こえない。

彼は何か言っているようだった。でも、聞き取れない。

「待って！　聞こえないわよ、ドライヤーで」

と、大きな声で言った。「すぐそっちに行くわ！」

ドライヤーを止めると、カレンはバラバラになった髪をさばいて、バスルームを出たが……。

「何よ」

部屋の明りが消えていたのだ。もちろん、バスルームの明りがあるから、真暗ではないにしても……。

「やめてよ」

と、カレンは言った。「せっかくお湯に浸ったばっかりなんだから、今さらベッドで汗をかくなんて……。それならそれで、何か食べてからにしましょ。あの最中に、お腹がグーッと鳴っちゃ、吹き出しちゃうものね」

と、カレンは言った。

そう言って――部屋の明りを点けた……。

「私はね、ホストクラブを、生活に疲れた女性が息をつける場所にしたいの。余計なお金を使わないでね」

と、〈マダム〉和田ふみ代は言った。「だから、ここのホストはそう凄い稼ぎはない。でも、その代り、お客様に感謝されるわ。全財産つぎ込んで、お金が失くなったら、はいさようなら、なんて店じゃ、稼げたって、いやでしょ、気分が。分ってて人を破産させるなんて、その内化けて出るわよ」

「いやですね、そんなの」

と、〈リフ〉が言った。「僕はこの店で満足してます。〈マダム〉はちゃんとお給料も払ってくれるし」

「多過ぎる？」

と、ふみ代に訊かれて、

「いえ、とんでもない！」

と、〈リフ〉が即座に言ったので、みんな笑った。

殿永のケータイが鳴った。

「——はい。——もしもし?」

殿永の顔がこわばって来た。「——分った。すぐ行く」

「どうかしました?」

「ホテルで女の死体が。カレンさんでないといいですが」

「行きましょう!」

亜由美は勢いよく立ち上った。

9　悲劇

ホテルの、その部屋の前には警官が立っていた。

「怖いわ」

殿永や亜由美たちについて来ていた馬渕しおりが、そのドアの手前で足を止めた。

「しおりさん――」

と、しおりについて店を出て来た〈リフ〉が しおりの手を取って、「中へ入ることはありませんよ。ここにいましょう」

しおりは深く息をつくと、

「いいえ」

と、首を振って、「カレンちゃんかどうか、私が確かめなくては」

「そうですか」

〈リフ〉は肯いて、「じゃ、一緒に入りましょう」

「ありがとう」

亜由美は、〈リフ〉としおりのやり取りを見ていて、「え?」と思った。

ずっと年上のしおりが、〈リフ〉を頼りにしているることが伝わって来たのである。

――あの二人が?

〈リフ〉がしおりに憧れているらしいのは分っ

ていたが、もしかするとしおりの方でも……。

「どうぞ」

先に部屋の中に入った殿永が、顔を出した。

亜由美は、ドン・ファンと一緒に入って行った。

「――どこに？」

と、亜由美は部屋の中を見回して訊いた。

「ベッドの向う側です」

「ああ……。そうなのね」

「あまりご覧に入れたくはありませんが」

亜由美は大きなベッドの向う側へと回って行った。

バスローブをはおっただけの体は、半ば裸の状態だった。――目は見開いて、空《むな》しく天井を見上げている。

「首を絞めたの？」

と、亜由美は言った。

「そうですね。首に指の跡が」

「抵抗したのかしら」

「爪に血がついてます。相手の顔か手か……。どこかを引っかいたんでしょうね。調べます」

ハッと息を呑《の》む音がした。

「しおりさん……」

と、亜由美が振り返ると、

「カレンちゃん！」

と、しおりが叫ぶように言った。「どうしてこんな……。ひどいわ！」

「馬渕カレンさんに間違いありませんか」

と、殿永が一応念を押した。

しおりはしばらく喘《あえ》ぐように息をしてから、やっと絞り出すように、

「間違いありません」

と言った。「誰がこんな……」

しおりが青ざめて、よろけた。

〈リフ〉がしおりを支えて、

「ここを出ましょう。刑事さん、いいですね?」

「ええ。後で改めてお話を聞くことになるかもしれませんが、今は引き取っていただいて大丈夫です」

「待って」

と、しおりは気を取り直したように、「カレンちゃんのこと、叔父さんに知らせなくては」

「それは刑事さんに任せれば——」

「いいえ。そうはいかないわ。カレンちゃんのことは昔から知ってるし……。電話しますわ」

しっかりした口調だった。

スマホでカレンの父親にかける。

「——叔父さん? 馬渕しおりです」

「やあ、どうも」

と、叔父は呑気《のんき》に言って、「カレンはちょっと留守にしてるんだが……」

「叔父さん、聞いて」

と、しおりが、できるだけ穏やかな口調で言った……。

話を聞いてしばらくすると、

「しおりちゃん、それは本当かね」

「本当なの」

「——そうか」

と、ため息をついて、「やめとけって言ってやったのに」

「失礼します」

話を聞いて、亜由美が言った。「塚川亜由美と申します。事件の捜査に当っていますが」

「はあ、どうも……」

「カレンさんは、東京で誰に会うつもりだったか、ご存じありませんか」

「さあ……。はっきりしたことは……」

「名前とか、仕事とか、何でもいいんですけど」

「そうですね。——待って下さい」

と、何か思い付いたように、「一度、写真を」

「写真ですか。その男の？」

「二人で写ってる写真を、送って来たことがあるんですよ」

「じゃ——その男とカレンさんと？」

「ええ、そうです」

「その写真をこのスマホへ送っていただけますか？」

「分りました。——では、送ります」

亜由美はじっとスマホの画面を見つめた……。


「しおりさん、大丈夫？」

と、マネージャーの岩田信子が言った。

ＴＶスタジオの楽屋で、馬渕しおりはドラマ収録のためのメイクの最中だった。

「私は大丈夫」

と、しおりは言った。「ドラマの収録は、一人欠けてもお話にならないわ」

「それはそうだけど」

と、信子は言って、「スタジオの様子を見て来るわね。――あとどれくらい？」

「あと五分で終ります」

と、メイク係の女性が言った。

「分ったわ」

信子は楽屋を出て、収録スタジオへと急いだ。

ここはＴＶ局ではなく、ドラマなどの収録用の貸しスタジオである。局の中のスタジオには限りがあるので、ドラマの多くがこういう貸しスタジオを使っている。


「はい、ＯＫ！」

ディレクターの声がスタジオの中に響いた。

「信子ちゃん。どうだい、しおりさんは？」

と、訊いたのは、〈Ｈプロ〉の副社長の赤羽。

「ええ、大丈夫だと言ってます。メイクはあと五分」

「良かった！」

と、赤羽が息をついて、「ディレクターも心配してたよ。ちょっと言っとこう」

赤羽がディレクターのそばへ行って、話している。

手近なスタッフに訊いて、しおりの出番がこの次の次と分った。時間にして十分くらいのものだろう。

信子は楽屋に戻って、

「あと十分はかからないみたい」

と、しおりに言った。

「分った」

しおりは肯いて、「いいメイクに仕上ったわね」

「どうも」

メイクの女性が嬉しそうに言った。「本番のときも控えていますから」

「よろしく」

しおりは、メイク係が出て行くと、テーブルに置いてあったシナリオを手に取った。

しおりがセリフを憶えていないことは、まずないが、それでも本番前には必ずシナリオの、今日の収録分を確認する。

信子は黙って、そんなしおりの様子を見守っていた。

本番前のこの時間は、しおりに話しかけないことにしている。楽屋にも人を入れない。

しおりの役への集中をさまたげないためなのはもちろんだ。そして今日は特に……。

カレンが殺されたショックは大きいはずだが、しおりはいつも以上にドラマに集中することで立ち直ろうとしている。それが信子にもよく分った。

「――しおりさん、お願いします」

と、楽屋の外から、ADが声をかけて来る。

「はい！」

しおりはいつも通りのよく通る声で返事をした。

そして立ち上ると、

「行きましょう」

と、信子へ言った。

信子はもう何も言うことはなかった。


この日は、今回のドラマでも一番盛り上るところで、スタジオにも緊張感が漲《みなぎ》っていた。

しおりの演技が揺ぎなく場面を支えていて、他のキャストも波に乗っていた。

リハーサルを一度やっただけで、

「本番行こう」

と、ディレクターの声が響く。


セリフのやり取りが快調に進んで、しおりもいつも以上に気迫を感じさせる。

——場面が終りに来て、

「ＯＫ！」

という声と共に、誰もがホッと息をついた。

そこへ——。

スタジオへ次々に入って来たのは、殿永や亜由美たちだった。

信子がびっくりして、

「どうかしたんですか？」

と訊いた。

「おたくの副社長に用がある」

と、殿永が言った。

「え？　赤羽さんに？」

「どこにいる?」

「さっきはその辺りに……。赤羽さん!」

と、信子が呼んだが、返事はなかった。

セットからしおりが下りて来ると、

「どうしたんですか?」

と言った。

「カレンさんのことです」

と、亜由美が言った。「カレンさんが東京へやって来たのは、赤羽さんに会うためだったんです」

「え? それじゃ……」

「ともかく話を聞かないと」

そのとき、ドン・ファンが、甲高く吠えた。

「そこだわ!」

スタジオの戸口へと、身をかがめるようにして駆けて行く赤羽の姿を、ドン・ファンがしっかり見付けていた。

「おい、待て!」

殿永が呼ぶと、赤羽は飛び上るようにしてスタジオから駆け出して行った。

殿永が、

「むだだぞ!」

と言った。

スタジオを出た所に、刑事が待ち構えていたのである。

「痛いじゃないか!」

手錠をかけられて、赤羽が声を上げた。

「赤羽さん、カレンちゃんを殺したの?」

と、しおりが言った。

「俺じゃない！　そんなこと――」

「でも、カレンさんを東京へ誘ったんでしょ」

「それはそうだけど……。面倒を見ただけだよ！　ホテル代を払ったりして……。殺すなんて、そんなこと……」

「口説いて、拒まれたんじゃないの？」

と、亜由美が言うと、

「どうして分るんだ？」

「まあ――たいていの人はそう思うわよ」

「それで殺したのか？」

「やってない！　そんなこと……」

「ともかく、じっくり話を聞く」

赤羽は腕を取られて、

「乱暴にしないでくれ……」

と、文句を言いつつ、連行されて行った。

「驚いた」

と、しおりが言った。

「ともかく、役者じゃなくて良かった」

と、息をついたのはディレクターだった。

「役者が引張られたら、ドラマがお蔵入りになりかねないからな」

しおりはメイク係の女性に汗を取ってもらうと、

「赤羽さんがどうして突然副社長になったのか、ふしぎだったわ」

と言った。

「元はドライバーだったんですね」

と、亜由美が言った。「たぶん、運転していて、何か外部に知られてはまずいことを耳にしたんじゃないでしょうか。林さんとしては、副社長にすることで、口をつぐんでいてくれると思ったのでは」

「そうですね、きっと」

と、しおりは肯いて、「私、社長に会って、問い詰めてやります！」

カレンが殺されたことへの怒りもあって、しおりの言葉は厳しかった。

10 再現

そのワゴン車には三人の男が乗っていた。

「――どうするんだ」

と、一人が言い出した。「やるとなったら、今度はいい加減じゃすまないぞ」

「分ってるよ」

と、車のハンドルに手をかけた一人が言った。

「だから、今度はちゃんと車も用意したじゃないか。すぐ逃げられるように」

「だけど、向うも用心してるだろう」

と、もう一人、三人の中で一番若い男が心配そうに、「俺、撃ち殺されるのは、いやだぜ」

「大丈夫だ」

と、運転席の男が、「俺の女がちゃんと店に行って確かめてる。特に用心棒らしいものはいないってことだ」

「それじゃ――」

「ケータイだ」

と、かかって来た電話に出る。「――今、待機してるよ。そっちからの連絡を待ってたんだぜ。――もちろんだ。しかしな……」

と、他の二人を見て、

「二度目ってのは、やはりかなりやばいと思わないとな。初めのときと同じ金額じゃ割に合わねえ」

向うはやや沈黙して、しばらくしてから、

「——いくらだ」

と言った。

「話が早いな。言われた額の二倍、出してくれたらやってやる。でなきゃ、話は終りだ」

「分った」

と、すぐに返事が来る。

「いいのか？　二倍出すんだな？」

「分ったと言ったろう。くどいぞ」

「それならいいんだ。前払いはあれでいい。後で残りをちゃんと払ってくれよ」

「うまくやれよ」

「任せとけって」

と、金額の話がついて、三人は急にやる気を出して来た。

「おい、すぐやるのか？」

「まだだ。もっと店が混む時間まで待つんだ」

「——倍の金か」

若い男がニヤついて、「何を買おうかな」

他の二人は、苦笑いしただけだった……。


「ドン・ファン、どうしたの？」

店に入ろうとして、亜由美はドン・ファンが足を止めているのに気付いた。

「どこかをじっと見てますよ」

と、なつきが言った。

「可愛い子でもいた？」

と訊くと、ドン・ファンは珍しくムッとしたように（？）ウー……と唸《うな》った。

「あれですかね」

と、なつきが言った。

少し離れて、一台のワゴン車が停っている。

「ドン・ファンが気にしてるのね」

と、亜由美は言った。「何か理由があるのよ、きっと」

亜由美はスマホを取り出して、そのワゴン車を撮った。

そして店に入ると、殿永にかけたのである。

「――ワゴン車ですか」

「今、そっちへ写真を送るわ。ナンバープレートが読めると思う」

「分りました。少し待って下さい」

待つほどもなく、殿永はすぐにかけて来て、

「レンタカーですが、借りたのは田端《たばた》という男で、小物ですが、かなり乱暴なことも平気でやります。ただし、一銭にもならないことには興味がなくて」

「それはつまり――」

「金にさえなれば、何でもする、ということです」

「怪しいですね」

「すぐそちらへ」

「お願いします。銃の用意もね」

「了解です」

気付いて良かった。――ドン・ファンが、

「俺が見付けて来たんだぜ」

と言いたげに「ワン」と吠えた。

夜、少し遅い時間になると、店はほぼ満席になった。

亜由美たちの席には、後から馬渕しおりも加わっていた。

「林社長さんが、赤羽さんを副社長にしたいきさつを殿永さんに話したそうですよ」

と、亜由美が言った。「殺された浅井アンヌさんが、林さんに食事に誘われたとき、友達の女の子を連れて行ったそうです。食事のとき、アンヌさんは未成年だけどワインを飲んで、酔って寝てしまったんです。で、そのお友達が、またアルコールに強くて、アンヌさんを、マンションまで林さんと一緒に送って行ったそうです。アンヌさんを寝かせて、後、林さんはその友達の女の子と飲み直し……」

「じゃ、社長、その子と？」

「てっきり二十歳になってると思ったと言っているそうです。都心のホテルに入り、一晩過して、翌日出たんですが、そのとき、何とその子が十七だったと分って……」

「情ないこと」

と、しおりが言った。「そのことを赤羽さんに聞かれたんですね」

「そう。十七歳を相手にしたなんて、やはり芸能プロの社長としてはうまくないわけで、赤羽さんを副社長にすることで、手を打ったそうです」

「今度、とっちめてやろう」

と、しおりが言った。「でも、赤羽さんがカレンちゃんを殺したんじゃないの？」

「当人は否定してるようですよ。それに具体的な証拠が出て来ないって」

「じゃ、一体誰が？」

「さあ……。もしかすると今夜……」

「今夜？」

「もしかすると、ですけどね」

と、亜由美が言った。

「殿永さんから合図が」

と、なつきが手にしたスマホを見て言った。


「〈リフ〉！　用心して！」

と、亜由美は呼びかけた。

待ち構えていた〈リフ〉は、亜由美の方へ手を振った。

店の入口に、二人の男が現われて、手にした拳銃を振り回し、

「おい！　みんな、覚悟しろ！」

と、一発天井へ向けて撃った。

とたんに――二人の前に素早く分厚いガラス扉がストンと落ちて来た。

「何だ！」

二人が面食らって、拳銃でそのガラスを撃ったが、歯が立たない。

「畜生！　おい、壊れないぜ！」

と、若い男がガラス扉をけとばすが、びくともしない。

「だめだ！　引き返そう！」

「だって金が――」

「馬鹿！　仕方ないだろ！」

「悔しいじゃねえか、こんなこと――」

と言っている内、今度はもう一枚のガラス扉が二人の退路をふさいだ。

「――どうなってる！」

ガラス扉に前後を仕切られて、二人は、拳銃で撃ったり、殴ったりけったりしたが、空しかった。

〈リフ〉がガラス扉の前に行くと、

「僕を殺せと言われて来たのか？」

と言った。「今、刑事さんが出してくれるよ」

殿永から、亜由美のスマホにかかって来た。

「例のワゴン車に待機してた男も、車で逃げようとしたところを、パトカーで取り囲んで逮捕しました」

「やったね！」

と、亜由美が弾んだ声で言った。「誰かの依頼でしょ？」

「それはこれからじっくりと調べ出しますよ」

ガラス扉の中の二人は、拳銃を手に、

「ここから出せ！　撃つぞ！」

と、わめいていたが、〈リフ〉が笑って、

「おとなしくしてた方がいい」

と言った。「二枚のガラス扉の間は密閉空間だ。いずれ酸素が失くなって、呼吸できなくなる。それまでそこで頑張る？」

そう言われると、若い方の男が、

「俺……息が苦しい……」

と言い出した。

「まだ大丈夫だろうけど」

と、なつきが呆れたように言った。

「暗示にかかりやすいのね」

と、聡子が笑っている。

結局、二人は拳銃を捨てて、降参したのである……。

男は、そっと居間のドアを開けた。

「しおりさん……。いるの？」

明りが消えている。壁を探って、明りのスイッチを押したが――。

なぜか部屋の明りは点かず、その代り、奥の方のスポットライトがポッと光を落とした。そこに立っていたのは――後ろ姿の女性だった。

男は一瞬息を呑んだが、やがてホッと息をついて、

「何の冗談だい？　あんまりいい趣味じゃないね」

と、無理に軽い口調で言った。「――しおりさん、こっちを向いてくれよ」

すると、その女性がゆっくりと振り向いて、

「後ろ姿でも、好きな女の人なら分らなくちゃ」

と言った。

「君は……」

「しおりさんだとばかり思って、撃ったのね、浅井アンヌさんを」

と、亜由美が言った。「アンヌさんならともかく、私のことまでしおりさんと間違えるなんて、よっぽど目が悪いんじゃない?」

居間の明りが一杯に点いた。

まぶしげに手を上げて、

「これは一体——」

と、岩倉は言った。

殿永と、亜由美たち。そして、しおりが立っていた。

「せっかく最初に逮捕してたのにな」

と、殿永が言った。「証拠がつかめなかった。カレンさんを死なせずにすんだかもしれないのに……」

「何を言ってるんだ?」

と、岩倉は引きつったような笑みを浮かべて、

「どうして僕が……」

「今はちゃんと証拠がある。金を払って、ホストクラブを襲わせたろう。持っていた拳銃は、ここでアンヌさんを撃ったのと同じだった。連中は逮捕されて、あんたに〈リフ〉こと林満さんを殺すように頼まれたと認めたよ」

「でたらめだ!」

と、叫ぶように言った岩倉の声には力がなく、そのまま岩倉はソファにぐったりと座り込んでしまった。

「どうして?」

と、しおりが言った「本当なら、私を殺していたんでしょう?　どうして私を……」

岩倉が皮肉っぽい笑みを浮かべて、

「それが分らない?　そういうあなただからですよ」

と言った。「私がどんなにあなたに恋していたか、あなたは分ってくれなかった。プロポーズして、考えさせてくれ、と言われたとき、僕には分りました。何年も想《おも》い続けたことが、すべて泡のように消えてしまった……」

岩倉の顔が歪《ゆが》んだ。

「しかも、調べてみると、あなたの好きな男は、何と林満だった!　まだ二十歳を少し過ぎたただけの若僧じゃありませんか。僕は許せなかった。あなたが満と好き合ってるなら一緒に仲良くあの世へ送ってやろうと思いましたよ。ねえ、親切な話でしょ?」

と笑って、「ところが――ここへ来て、まさか別の女があなたの服を着て立ってるなんて、想像できないじゃありませんか。引金を引いてから気が付いたけど、もう遅かった。さらに顔を撃ってやらなきゃ、気がすまなかった。――後になって、あなたの手帳に、何かまずいことが書いてないか、心配になったんです」

「分ってないのね」

と、亜由美が言った。「血統ってものよ」

「何だって?」

「林さんのお父さんは、昔、十三歳も年上の和田ふみ代さんに恋をした。息子の満さんがしおりさんに恋したのも、十三歳年上だから。もっとも、今回はしおりさんも満さんを愛していたんですけどね」

　岩倉が唖然とした様子で、

「十三歳か！　それがどうしたっていうんだ！」

「でも、岩倉さん、どうしてカレンちゃんまで？　あの子が何をしたっていうの？」

　と、しおりが責めるように言った。

「カレンは分ってなかった。東京へ出て来たときに、僕を訪ねて来て、僕は遊んでやった。でも――カレンは自分がしおりさんの代りだってことが分ってなかった。もう子供じゃない大人の女だ。でも、僕がしおりさんを諦めて、カレンに惚れたと信じてた。腹が立ちますよね。僕の機嫌を取るつもりで、しおりさんの悪口を言ったりして……。ふざけるな！　お前なんかしおりさんの足下にも寄れないんだぞ、とカッとなって……。いつしか首を絞めていました。でも、後悔はしていませんよ」

　岩倉はしおりの方を向いて立つと、「僕はあなたへの想いを貫いた。そうですとも」

　と言った。

　しおりは青ざめて、

「この人を連れて行って！」

　と、殿永に、震える声で言った。

　岩倉の手首に手錠が鳴った。

エピローグ

「まあ、みんな揃って」

と、和田ふみ代が言った。

「開店時間早々なら、未成年でもいいかと思って」

と、加代子が隣に座った恭子の肩を叩いて言った。

「一度、来てみたかったの」

と、恭子が店内を見回して、「ね、おばあちゃん、二枚目のホストっていつ来るの?」

「もう少し遅くならないとね」

「つまんないな。お母さん、ずっとここにいてもいい?」

「いけません。あなたまだ高校生よ」

と、加代子がたしなめる。

「満さんは辞めたんですか?」

と、亜由美が訊いた。

「いえ、それが――」

と言いかけて、ふみ代は店の入口へ目をやった。「ご出勤だわ」

店に入って来たのは、満と、手をつないだしおりだった。

「ワン」

と、ドン・ファンが楽しげに鳴く。

「今度、このお店で結婚式をあげるって言うのよ」

と、ふみ代が言った。「まあ、〈リフ〉も二十歳は過ぎてるから、好きにさせるわ」

「話題になりそうですね」

と、なつきが言った。

と、聡子が言うと、

「私たちの十三歳年下って……」

「ちょっと！　小学生じゃないの」

と、亜由美が聡子をつついた。

「そうか！　いくら何でも若過ぎる！」

みんなが笑った。──ふみ代が、

「そうだわ、今日はここのオーナーを紹介するわね」

と言って、奥の方へ手を振った。

現われたスーツ姿の男性に、恭子が立ち上って、

「お父さん！」

と言った。

「私を雇ってるのは、この人」

と、ふみ代が言った。

「やあ、恭子」

と、和田公一が言った。「加代子、すまなかった」

「あなた……。どうして……」

と、加代子は呆気に取られている。

「いや、一時カレンと深い仲になってしまってな。しかし、すぐにとても一緒にいられないと

分った」

「帰って来れば良かったのに！」

「しかし、どんな顔で帰れる？　——困ってるときに、この店を持っていた人と知り合ってな。ここを任せてくれることになったんだ。少なくとも、店をちゃんとやっていけるようになってから帰ろうと思って……」

「でも、お義母さんをマダムに？　ひどいじゃないの、お義母さん！」

「公一の気持を尊重しただけよ」

と、ふみ代は涼しい顔をしている。

「それで——加代子」

と、和田はちょっと咳払いして、「お前、今好きな男はいるのか？」

何とも言えない沈黙の後、亜由美が、

「先生、もう一度ご主人と結婚式をあげればいいですよ！」

と言った。

「それってすてきね！」

と、しおりが肯いて、「じゃ、私たちと一緒にいかがですか？」

ふみ代は楽しげに、

「その日はこの店を貸切りにしましょう！」

と言った。「お安くしとくわよ」

ドン・ファンが、力強く、

「ワン！」

と吠えた。

花嫁《はなよめ》ヶ丘《がおか》の決闘《けっとう》

二〇二四年一〇月三日　初版第一刷発行

著　者　赤川次郎《あかがわじろう》
発行者　岩野裕一
発行所　株式会社実業之日本社
東京都港区南青山六‐六‐二二
emergence 2
〒一〇七‐〇〇六二
TEL　〇三（六八〇九）〇四七三（編集）
〇三（六八〇九）〇四九五（販売）
DTP　ラッシュ
印　刷　大日本印刷株式会社
製　本　大日本印刷株式会社

https://www.j-n.co.jp/

ISBN978-4-408-53860-0（第二文芸）